Karl Gengenbach

Weitere Bücher des Autors:

AF200502

Der Knallkopf

Kuriose Geschichten aus aller Welt. Geschichten über Hunde und andere Tiere, über unsere Nachbarn, über die Kunst und das Wetter, über Reisen und Essen, über Aprilscherze und Zeugenaussagen, über das liebe Geld und die ehemalige DDR, über eigene Erlebnisse und den Weltuntergang.

Herstellung und Verlag:

BoD - Books on Demand, Norderstedt

ISBN 978-3-7448-2553-5

Inhalt

Hundegeschichten

Der dreibeinige Hund

Der Knallkopf

Zwei Dackel

Bazi

Bulli

Der Tierhändler

Unsere Nachbarn

Vorurteile

Die Elsässer

Salbosch

Der ewige Irrtum

Die Badenser

Die Bayern

Der Wolpertinger

Die Sachsen

Die Schweizer

Die Österreicher

Die Franzosen

Die Briten

Kunstgeschichten

Ich bin eine Kunstbanause

Die neue Kunstgalerie

Das Wetter

Der Wettermacher

Wetterkapriolen

Die Wettervorhersage

Kurioses in eigener Sache

Hundegeschichten

Früher sah man im Ort nur Schäferhunde. Der Feldschütz hatte einen, der Gärtner und der Sägewerkbesitzer. Ach ja da war noch der Metzger, der hatte einen Rottweiler. Alle Hunde im Ort konnte man an einer Hand abzählen. Und den Schäferhund konnte man auch gut einschätzen.

Heute begegnen mir unterwegs mindestens 10 verschiedene Rassen, ja es könnten sogar 20 sein. Und jeder verhält sich anders. Lesen sie in den folgenden Geschichten, was alles mit Hunden passieren kann.

Der dreibeinige Hund

Als kleiner Junge wünschte ich mir immer einen Hund. Meine Mutter blieb hart und ich bekam keinen. Ich blieb aber hartnäckig bei meinem Wunsch und ging ihr damit ständig auf die Nerven. Schließlich meinte sie: *Wenn du im Zeugnis lauter Einsen hast, bekommst du einen Hund.* Ich bekam den Hund nie.

Viele Jahre später, inzwischen war ich erwachsen, lief mir beim Radfahren ein kleiner Hund unter das Vorderrad. Dabei verlor er sein linkes Hinterbein und sollte eingeschläfert werden. Der Hund gehörte niemand, er war also ein Streuner. Er tat mir leid und ich fühlte mich schuldig, also nahm ich ihn mit nach Hause.

Nun brauchte er noch einen Namen. Weil er nur drei Beine hatte nannte ich ihn Trisko. Trisko lernte schnell, auf drei Beinen zu laufen, aber beim Treppensteigen hatte er seine Probleme. Ich wohnte damals im dritten Obergeschoß und dachte, wenn ich ihn nun hinunter oder hinauf trage, muss ich das mein oder sein ganzes Leben lang tun. Dazu hatte ich keine Lust. Also musste Trisko lernen, die Treppenstufen zu bewältigen. Am Anfang tat er sich schwer damit und es sah lustig aus, wie er die Treppen rauf und runter hoppelte und dabei immer wieder umfiel. Aber ich hatte Geduld, irgendwann würde es schon klappen. Nach einigen Tagen hatte er die richtige Technik herausgefunden.

Ich führte ihn dreimal am Tag Gassi. Da gab es aber das nächste Problem. Hunde müssen nicht nur pinkeln, Hunde markieren auch ihr Revier. Das waren Bäume, Hausecken und Autos. Da Trisko das linke Hinterbein fehlte, lief er immer auf meiner rechten Seite. Als er zum ersten Mal das Rechte Hinterbein hob, um sein Revier zu markieren, fiel er auf die Schnauze. Er sah mich an und begriff nicht, was passiert war. Beim nächsten Baum passierte dasselbe. Wieder fiel Trisko auf die Schnauze. Einige Bäume weiter hatte er es geschnallt und blieb auf seinen drei Beinen stehen. Dann pinkelte er nach links, auf meine Hose und meine Schuhe. So war das nicht geplant.

Ich hatte keine Idee, wie ich das Problem lösen konnte und ging nur noch mit alten Hosen und Schuhen mit Trisko Gassi. Eines Tages hatte ich ein Vorstellungsgespräch für einen gutbezahlten Job. Ich zog meine beste Hose und neue Schuhe an und wollte schon gehen. Da gab mir Trisko zu verstehen, dass er dringend raus musste. Ich dachte, lange kann das ja nicht dauern. Ich würde schon noch rechtzeitig zu meinem Termin kommen.

Kennen sie Murphys Gesetz? Was passieren kann, passiert. Trisko pinkelte meine gute Hose und meine neuen Schuhe voll. Ich musste mich umziehen und kam zu spät zu meinem Termin. Den Job bekam ich nicht und war nun sauer auf meinen dreibeinigen Hund.

Ich ging noch am selben Tag mit Trisko zum Tierheim. Die Dame am Empfang sah ihn an und meinte: *Das ist kein Hund. Hunde haben vier Beine. Den nehmen sie wieder mit.* Ich nahm Trisko und ging mit ihm zu einer Tierversuchsanstalt. Dort würde er sicher noch ein paar schöne Jahre haben. Ein Mann im weißen Kittel besah sich Trisko von allen Seiten und meinte: *Den können wir nicht brauchen. Wir nehmen nur Hunde mit mindestens vier Beinen.* Selbst die Affen in den Käfigen sahen mitleidig auf Trisko herab. Also gingen wir wieder nach Hause.

In den nächsten Tagen versuchte ich es bei Bekannten und Verwandten. Keiner wollte den dreibeinigen Hund nehmen. Die Menschen sind herzlos.

Nun sah ich mir Trisko genauer an. Wie alt war er wohl? Bei einem Streuner weiß man das nie. Ich schätzte ihn auf etwa 10 Jahre. Von Bekannten wusste ich aber, dass deren Hunde bis zu 15 Jahre alt wurden.

Eine Möglichkeit gab es noch. Ich ging mit Trisko zum Chinesen. Der Koch schaute ihn an und meinte: *Hund nix gut, hat kein Fett.* Das war meine letzte Chance. Jetzt fiel mir nichts mehr ein und ich resignierte.

Eines Tages erledigte sich das Problem von selbst. Ich stand morgens auf und schaute nach Trisko. Er rührte sich nicht. Er war bewusstlos oder tot. Ich packte ihn in einen Karton und ging in den Wald. Dort suchte ich ein schönes Plätzchen und grub ein tiefes Loch. Ich legte Trisko hinein und bedeckte ihn mit Steinen und Erde, so dass ihn kein Fuchs mehr ausgraben konnte. Dann verabschiedete ich mich.

Einige Wochen danach sah ich in der Innenstadt eine Dame mit einem dreibeinigen Hund. Ich dachte sofort: *Trisko.* Hatte er sich selbst wieder ausgebuddelt? Dann sah ich genauer hin.

Dem Hund fehlte eine Vorderpfote. Außerdem war er braun, nicht schwarz wie Trisko. Er war auch größer und hatte längere Ohren. Ich war erleichtert, das war bestimmt nicht Trisko. Aber der Schock steckte mir noch in den Gliedern und ich nahm mir vor, in meinem Leben würde mir kein Hund mehr ins Haus kommen. Daran habe ich mich bis Heute gehalten.

Okay, diese Geschichte ist gelogen. Ich habe sie erfunden. Aber ich gebe ihnen einen guten Rat: *Sollten sie sich einen Hund zulegen wollen, zählen sie unbedingt vorher die Beine.*

Der Knallkopf

Neulich war ich mal wieder auf dem Davosweg in die Stadt unterwegs. Plötzlich rannte ein Hund auf mich zu. Er hatte ein riesiges Maul und vier kurze Beine. Kein Zweifel - ein Bullenbeißer. Nun überlegte ich, was will er von mir?

Will er mich nur begrüßen? Aber er kennt mich doch nicht. Will er angreifen? Aber ich habe ihm doch keinen Grund dafür gegeben. Ist er nur neugierig? Das wäre möglich.

Dann tauchte plötzlich sein Herrchen auf und rief: *Der dud nix.* Wie oft habe ich diese Sprüche schon gehört: *Der macht nix, der tut nix, der will nur spielen, der tut nur so, da passiert nix, lassen sie ihn ruhig.*

Ich war keinesfalls beruhigt. An meinen Armen standen die Haare senkrecht nach oben. Normal hatte ich keine Angst vor Hunden, aber Respekt. Und der hatte wirklich ein riesiges Maul.

Inzwischen hatte mich der Bullenbeißer erreicht, setzte sich hin und schaute mich an. Ich suchte nach verdächtigen Zeichen. Hat er die Zähne gebleckt? Nein. Hat er die Ohren angelegt? Nein. Er wedelte mit seinem Stummelschwanz, das hatte aber nichts zu bedeuten. Sicher war er aufgeregt und stand unter Spannung.

Ich versuchte, ihn nicht anzusehen und gab mich ganz locker. Das war gar nicht einfach. Jetzt fing er auch noch an zu knurren. Das war kein gutes Zeichen. Oder war das mein Magen, der knurrte? Ich wusste nicht, wie ich mich verhalten sollte.

Endlich hatte der Hundebesitzer uns erreicht und leinte seinen Köter an. Dann schimpfte er mit ihm: *Was soll das du Knallkopf, du darfst doch andere Leute nicht erschrecken.* Ob der Knallkopf das verstand? Ich glaubte es nicht. Schließlich gingen die beiden weiter und Ich konnte meinen Weg fortsetzen. Inzwischen wusste ich aber nicht mehr, was ich eigentlich in der Stadt wollte.

Während ich weiterging musste ich ständig an Hunde denken, die gingen mir nicht mehr aus dem Kopf. Der Mops zum Beispiel sieht niedlich aus und hat ein richtiges Kindergesicht. Aber das täuscht. Der Mops lässt sich nicht herumkommandieren und kann sogar ziemlich böse werden.

Auch beim Dackel muss man aufpassen. Er ist zwar klein, aber frech und vorlaut. Und er ist furchtlos. Alle Dackel sind Machos.

Der Hund gibt deutliche Signale. Bleckt er die Zähne, hat er die Ohren angelegt und stellt die Haare auf, dann heißt es Vorsicht. Zeigt der Schwanz steil nach oben, heißt es aufpassen.

Aber es gibt Ausnahmen. Ein Hund mit Stummelschwanz kann mit seiner Rute wenig ausdrücken. Und der Pudel kann aufgrund seines Fells keine Haare aufstellen.

Hunde lecken sich gegenseitig die Schnauze und zeigen damit ihre Freude. Der menschliche Mund befindet sich aber sehr weit oben. Deshalb springen Hunde gerne an einem hoch.

Der Hund lebt im Jetzt. Hat er morgens etwas angestellt, macht es keinen Sinn, ihn abends dafür zu bestrafen. Der Hund versteht das überhaupt nicht. Wenn Bestrafung nötig ist, dann unmittelbar nach der Tat.

Manche Hunde halten ihren Kopf schief, wenn man mit ihnen spricht. Warum tun sie das? Zum einen zeigen sie damit Interesse an dem was man sagt. Zum anderen können sie so akustische Reize besser verstehen. Manchmal ist auch die lange

Schnauze schuld. Wenn sie den Kopf schief halten, können sie besser sehen.

Ich habe es bei dem Nachbarshund ausprobiert (ich kenne ihn). Tatsächlich hielt auch er den Kopf schief. Wahrscheinlich langweilte ihn mein Gelaber und er konnte damit nichts anfangen.

Hunde verstehen nur Zeichensprache und kurze Kommandos. Die Kommandos *Sitz, Platz, Stop* müsste jeder Hund verstehen. Ist es ein englischer Kampfhund reicht ein kurzes *Down*.

Ich habe diese Kommandos auswendig gelernt. Wenn jetzt wieder ein Köter auf mich zuspringt kann er was erleben. *Wuff.*

Zwei Dackel

Das nächste Erlebnis mit einem Hund hatte ich mit meinem Nachbarn und seinem Dackel. Der Nachbar ließ jeden Morgen seinen Dackel aus dem Haus, damit er sein Geschäft machen konnte. Er selbst war zu faul, seinen Hund zu begleiten.

Der Dackel kannte seinen Weg, watschelte über die Straße und machte genau vor unserem Haus auf den Gehweg.

Das wiederholte sich jeden Tag. Ich war darüber so verärgert, dass ich dem Nachbarn eine Nachricht in den Briefkasten warf. Sein Hund sollte sich gefälligst einen anderen Platz für sein

Geschäft suchen. Vielleicht könnte er mal vor das eigene Haus scheißen?

Tagelang änderte sich nichts. Der Dackel kam jeden Morgen über die Straße und legte seine Tretminen auf den Gehweg. Wütend ging ich zum Nachbarn und beklagte mich. Dieser meinte: *Ich habe den Brief meinem Hund zum lesen gegeben. Wenn er trotzdem vor deine Tür scheißt kann ich nichts machen.* Noch wütender ging ich zurück und überlegte, was ich nun tun könnte.

Ich sammelte die Hinterlassenschaften des Dackels von einer ganzen Woche, dann packte ich alles in eine große Papiertüte. Die Tüte legte ich dem Nachbarn vor die Haustür und zündete sie an. Dann klingelte ich und rief laut: *Feuer, Feuer.* Der Nachbar rannte heraus, sah das Feuer und versuchte, es mit den Füßen auszutreten. Dabei trug er nur Pantoffel. Von diesem Tag an blieb mein Gehweg sauber. Ein Wunder ist geschehen.

Bazi

Meine Nachbarin, eine nette alte Dame, musste für ein paar Tage ins Krankenhaus. Sie machte sich deshalb Sorgen wegen ihrem Hund Bazi. Ich hatte Bazi schon mal ausgeführt, aber nur für 2 bis 3 Stunden. Nun sollte ich ihn einige Tage zu mir nehmen. Kein Problem, sagte ich zu der Dame, wir werden schon miteinander auskommen. Dann nahm ich Bazi (eine Promenadenmischung) mit nach Hause. Nach meinen Erfahrungen mit dem Knallkopf sah ich da keine Schwierigkeiten.

Gleich am ersten Tag nahm ich Bazi mit auf die Davos-Wiesen. Ich stieg auf mein Fahrrad und radelte los. Bazi rannte nebenher. Nach zwei Stunden radelte ich zurück.

Für den ersten Tag waren wir nun genug gelaufen. Bazi machte auch einen müden Eindruck. Als wir in die Wohnung kamen ging Bazi sofort in sein Körbchen und schlief ein.

Am nächsten Morgen wachte ich um 5 Uhr auf. Plötzlich ging die Tür zum Schlafzimmer auf. Ich stellte mich schlafend. Bazi kam langsam zu meinem Bett. Ich hielt die Augen geschlossen und wusste, jetzt sitzt er vor dem Bett und schaut mich an.

Vorsichtig öffnete ich ein Auge und sofort fuhr seine große Zunge über mein Gesicht. Also quälte ich mich hoch und ging mit ihm hinaus. Draußen regnete es und überall waren Pfützen. Bazi suchte sich die größte aus und wälzte sich darin. Dann stand er auf, kam zu mir und schüttelte sich. Ich wurde von oben bis unten vollgespritzt. Ich schimpfte mit Bazi und der wedelte freudig mit dem Schwanz.

Es war noch nicht 6 Uhr, da kamen wir schon wieder zurück. Nun stellte ich ihm seinen Napf mit Futter hin und ging wieder ins Bett. Nach 2 Minuten war der Napf leer und Bazi schob ihn mit der Schnauze durch den Flur. Dann ging die Tür wieder auf.

Nun hatte ich keine Ruhe mehr, füllte seinen Napf nochmal und kümmerte mich endlich um mich selbst. Fast den ganzen Vormittag ließ Bazi mich in Ruhe. Gegen 10 Uhr brachte er wieder die Leine. Aha, er wollte also noch einmal hinaus.

Diesmal gingen wir hinter das Haus an den Uferweg. Kein anderer Hund war in Sicht und ich löste die Leine. Bazi rannte davon und tollte am Nagoldvorland herum. Irgendwann sah ich ihn nicht mehr. Wo war er bloß? Ich suchte und suchte, dann entdeckte ich ihn. Er saß vor einem Baum und schaute hinauf. In halber Höhe saß ein Eichhörnchen, mit dem Kopf nach unten, und schimpfte zu Bazi herunter. Das machte ihn erst recht verrückt, aber da hatte er keine Chance. Ich leinte ihn wieder an und wir gingen zurück. Bazi war ziemlich dreckig und ich wusste nicht, sollte ich ihn jetzt baden? Wir kamen in die Wohnung, Bazi lief ins Wohnzimmer und schüttelte sich. Die Schlammbrocken flogen nur so durch die Gegend und er war schon wieder sauber.

Am nächsten Tag führte ich Bazi erneut aus. Wieder waren wir zwei Stunden unterwegs. So langsam wurde mir das zu anstrengend. Am späten Nachmittag ließ mich Bazi in Ruhe. Wenigstens eine Stunde lang. Dann wurde ihm langweilig. Er brachte sein Spielzeug (einen Gummiring) und legte es vor mich hin. Ich beachtete ihn nicht. Er saß vor mir und sah mich an. Ich beachtete ihn immer noch nicht. Er sah mich immer noch an. Ich blickte kurz auf, sofort sprang er mir auf den Schoß und leckte mein Gesicht. Ich drohte ihm mit der zusammengerollten Zeitung. Er freute sich. Ich haute mit der Zeitung nach ihm. Er fing sie ab und zerfetzte sie. Es war die Zeitung von Heute und ich hatte sie noch nicht gelesen.

Endlich raffte ich mich auf und ging mit Bazi zum Fußballplatz. Am Abend war ein Fußballspiel und wir schauten zu. Jedes Mal wenn die Heimmannschaft ein Tor schoss stellte sich Bazi auf die Hinterbeine und bellte freudig los. Ein Zuschauer neben mir hatte das beobachtet und war begeistert. Er fragte: *Was macht er, wenn der Gegner ein Tor schießt? Dann schlägt er Purzelbäume,* sagte ich. *Unglaublich,* meinte der Zuschauer, *wie viele? Kommt ganz drauf an*, meinte ich, *wie stark ich ihm in den Arsch trete.* Der Mann ging entsetzt weiter, er hatte mir tatsächlich geglaubt.

Nach dem Spiel gingen wir nach Hause. Dort beklagte sich der Nachbar von gegenüber: *Ich weiß nicht, was mit meinem Hund los ist. Seit Ta-*

gen liegt er nur noch herum und hat keinen Stuhlgang mehr. Ach ja, sagte ich, *schau doch mal vor unsere Garagen.*

Ich behielt Bazi nur drei Tage, aber er hielt mich ganz schön auf Trab. Es fiel mir schwer, Bazi wieder zurückzubringen und ich dachte mal wieder daran, mir doch einen Hund anzuschaffen.

Bulli

Zuerst ging ich ins Tierheim. Große Hunde hatten die genug. Aber ich brauchte einen, den ich in der Wohnung halten und zur Not auch in der Tragtasche transportieren konnte. Natürlich hatten die auch kleine Hunde. Aber jeder hatte eine Macke. Deshalb wurden sie auch nicht abgeholt.

Da sah ich in der Ecke einen Käfig mit einem Bullenbeißer. Der sah genauso aus wie der Knallkopf. Kurze Beine, ein großer Kopf und ein riesiges Maul. Der war genau richtig. Vor dem hätte sogar ein Rottweiler Respekt. Ich nahm Bulli, so nannte ich den Bullenbeißer, zur Probe mit. Am nächsten Tag fuhr ich mit ihm zum Tiefensee nach Maulbronn. Dort konnte ich ihn mal so richtig auslaufen lassen. An dem Tag war es sehr heiß und Bulli ging sofort ins Wasser. Als er darin herumplantschte wurde er von einem riesigen Hecht angefallen und gebissen. Der Raubfisch schlug mehrmals die Zähne in den armen Bulli, bevor er von seinem Opfer abließ. Nachdem Bulli vom Tierarzt versorgt wurde brachte ich ihn ins Tierheim zurück. Einige Wochen später, inzwischen war alles verheilt, holte ich Bulli nochmal ab. Wieder gingen wir an den See. Doch diesmal weigerte sich Bulli standhaft, wieder ins Wasser zu gehen. Jetzt hatte der auch eine Macke. Schade drum. Ich brachte ihn wieder zurück ins Tierheim.

Der Tierhändler

Mit dem Tierheim war es also nichts. Deshalb ging ich zum Tierhändler. Da sah es gleich anders aus. Im Geschäft waren große Käfige, mittlere und kleine. Im größten Käfig saß eine Dogge. *Die kostet 500 Euro,* meinte der Tierhändler. Daneben war ein Dobermann. *750 Euro* meinte der Händler auf meinen fragenden Blick.

Die waren sowieso zu groß. Dann sah ich einen kleinen weißen Foxterrier. Eigentlich ist das ein Frauenhund, aber er gefiel mir. Der Händler: *1000 Euro.* Daneben war ein Jack-Russel-Terrier. *1500 Euro* sagte der Händler. Für eine Französische Bulldogge verlangte er sogar 2000 Euro. Da sah ich ein winziges Hündchen, einen CihuaCihua für 2500 Euro. Je kleiner die Hunde wurden, um so teurer waren sie. Hier ging es nicht nach Gewicht. Ich frozzelte: *Was kostet bei ihnen eigentlich gar kein Hund?* Darauf gab er keine Antwort. Kurz vor dem Ausgang saß ein mittelgroßer Hund mit lauter Falten. Sein Gesicht sah richtig zerknautscht aus. So wie ich, wenn ich morgens in den Spiegel schaue. Ich wusste auch, was das für eine Rasse ist. Es war ein Chinesischer Faltenhund - ein *Shar Pei.* Ich deutete auf ihn und meinte: *Für 500 Euro nehme ich den gleich mit.* Der Händler bekam einen Lachanfall und konnte sich nicht mehr beruhigen. Als er wieder Luft bekam meinte er: *Die 500 wären gerade mal eine Anzahlung. Legen sie noch 6000 drauf und wir sind im Geschäft.* Und so blieb ich weiterhin ohne Hund. Vielleicht war das auch besser so.

Unsere Nachbarn
Vorurteile

Wir Deutschen haben schon unsere Eigenarten. Trotzdem sind wir in der ganzen Welt beliebt. Aber stimmt das überhaupt? Und was meinen unsere Nachbarn, die Schweizer, Franzosen und Briten dazu? Und was ist mit dem Österreicher? Nicht der Deutsche, sondern Deutschland ist so beliebt. Deshalb wollen alle zu uns.

Der Deutsche ist Reiseweltmeister und ist in der ganzen Welt unterwegs. Da bleibt es nicht aus, dass die anderen Völker Vorurteile über den Deutschen gebildet haben. Aber stimmen die auch? Hier einige Beispiele, wie die Anderen über uns denken:

1. Der Deutsche mampft bei jeder Gelegenheit, ob morgens oder abends immer Bratwurst.
2. Der Deutsche mampft jedes Stück vom Schwein, auch wenn es ungenießbar ist.
3. Das Hauptnahrungsmittel der Deutschen ist Bier und Wurst.
4. Der Deutsche liebt Paprika, möglichst in jedem Essen. Aber nur die Roten, die anderen Farben werden nicht akzeptiert.
5. Zu jedem Gericht braucht der Deutsche Soße. Meistens ist es Käsesoße.
6. Der Deutsche liebt Stiefel. Er trägt sie bei jedem Wetter. Deshalb trägt er auch keine Sandalen oder Flipflops. Wenn doch Sandalen, dann nur mit Socken.
7. Jeder Deutsche trägt Hausschuhe in den eigenen vier Wänden. Immer.
8. Besonders beliebt sind bei dem Deutschen die Zipper-Hosen. Das sind die Hosen mit dem Reißverschluss auf Kniehöhe, der es möglich macht aus einer langen Hose eine kurze zu machen. Wie blöd der Deutsche damit aussieht ist ihm egal.
9. Der Deutsche hasst bunte Farben. Seine Lieblingsfarben bei der Kleidung sind beige, braun oder grau.

10. Der Deutsche hat einen seltsamen Humor. Eigentlich kann er nur über andere lachen.

11. Wenn einen Tag lang die Sonne scheint, dreht der Deutsche durch und befürchtet eine Klimakatastrophe. Das gleiche passiert, wenn es einen Tag lang regnet.

12. Der Deutsche kann nicht tanzen, tut es aber trotzdem voller Begeisterung und macht sich damit zum Vollidioten.

13. Der Deutsche gibt kein Trinkgeld. Und wenn, dann nur sehr wenig. Der Deutsche ist geizig.

14. Der Deutsche ist unfreundlich und verschlossen. Mit ihm ein nettes Gespräch zu führen ist unmöglich, es sei denn, man füllt ihn vorher ab.

15. Der Deutsche geht am liebsten Campen. Mit dem Wohnwagen oder dem Wohnmobil. Er liebt Camping.

16. Jeder Deutsche hat einen Schrebergarten und in jedem Garten stehen Gartenzwerge.

17. In Deutschland bedeutet Arbeitszeit, dass nichts anderes getan wird, als zu arbeiten.

18. Der Deutsche kommt stets pünktlich an sein Ziel, auch wenn er nicht weiß wo er ist oder wo er hin muss.

19. Der Deutsche weiß immer alles besser, auch wenn er keinen blassen Schimmer hat.

20. Der Deutsche fragte immer: *Wie geht es dir?* obwohl er es gar nicht wissen will.

21. Was kein Ausländer versteht ist der deutsche Gruß Mahlzeit, den hört man morgens, mittags und abends, sogar auf der Toilette.

Sind wir Deutsche wirklich so unfreundliche, geizige, unmodische und schwierige Besserwisser? Ich glaube das ist übertrieben. Warum wollen schließlich alle zu uns?

Unsere Nachbarn denken da ganz anders und schimpfen auf die bösen Deutschen. Die Spanier mögen uns nicht wegen der Gurken. Die Franzosen mögen uns nicht wegen der Kernkraftwerke. Und für die Griechen sind wir sowieso der Buhmann.

Im atomabhängigen Frankreich blicken sie besorgt auf die wachsende Anti-Atom-Stimmung im eigenen Volk und verurteilen den deutschen Alleingang beim Ausstieg aus der Kernenergie. Sie halten uns für unverantwortlich und egoistisch.

Spanien ist sauer auf die Gurkentruppe in Berlin. Nach dem Ausbruch der Ehec-Epidemie hatten diese sehr schnell das andalusische Gemüse gebrandmarkt. Auch wenn sich der Verdacht als falsch herausstellte brach der spanische Umsatz trotzdem ein. Pro Woche beklagen die Spanier einen Verlust von 220 Millionen Euro.

In Griechenland verbrennen sie öffentlich schwarz-rot-goldene Flaggen und schimpfen über die Kanzlerin.

Vor einigen Jahren war Deutschland noch Schlusslicht in Europa, mit hoher Arbeitslosigkeit und schwachem Wachstum. Durch Reformen und eine lange Phase ohne Lohnsteigerungen kam Deutschland dahin, wo es jetzt ist.

Heute wo die meisten Produkte in Asien hergestellt werden, in China, Korea, Taiwan, Indien und Japan, steht der Begriff Made in Germany mehr denn je für Qualität und Zuverlässigkeit.

Die Elsässer

Wenn ich mal wieder gut essen wollte besuchte ich das Elsass. Dabei lernte ich einiges über das Elsass und die Elsässer. Die größten und bekanntesten Städte im Elsass sind Straßburg, Mühlhausen, Colmar und Haguenau.

Zu den Spezialitäten der elsässischen Küche gehören natürlich der *Flammkuchen* und die *Quiche Lorraine.* Die kennt fast jeder. Aber es gibt noch andere Gerichte die kaum bekannt sind.

Baeckeoffe - Eintopf aus Fleisch, Kartoffeln und Lauch, das elsässische Hauptgericht.

Schiffala - geräucherte Schweineschulter, bei uns bekannt als Schäufele.

Bredele - Butterplätzchen mit Zimt und Nüssen.

Mignardises - süße Törtchen.

Friands - süße Teigpasteten.

Birewecke - Früchtebrot mit Birnen.
Galettes de pommes de terre - kleine Kartoffel-
pfannkuchen. Bei uns bekannt als Kartoffelpuf-
fer. Im kölnischen Raum als Rievkooche.
Tarte a l'oignon - Elsässer Zwiebelkuchen.
Coq au vin - Hahn in Wein.
Foie gras - Pastete aus Entenstopfleber.
Munster - Münsterkäse.

Zu den bekanntesten Elsässern gehören:
Arsene Wenger - Fußballtrainer
Bob Wollek - Autorennfahrer
William Wyler - Regisseur - Ben Hur
Gilbert Gress - Fußballprofi
Karim Matmour - Fußballprofi
Albert Schweizer - Arzt in Lambarene
Marie Tussaud -Madame Tussaud
Tomi Ungerer - Grafiker und Schriftsteller
Thomas Vöckler - Radrennfahrer
Marcel Marceau - Pantomime
Emil Waldteufel - Musiker und Komponist
Alfred Dreyfus - die Dreyfus Affäre

Salbosch

Die Elsässer (Wackes) sind ein eigenes Volk.
Sie sind keine Franzosen und keine Deutschen.
Sie sind Elsässer mit einer eigenen Sprache. Mal
gehörten sie zu Frankreich und mussten franzö-

sisch sprechen. Dann wieder zum Deutschen Kaiserreich, wo sie deutsch sprechen mussten.

Genau genommen sprechen sie nun drei Sprachen. Sind Franzosen in der Nähe, sprechen sie deutsch. Sind Deutsche in der Nähe, sprechen sie französisch. Sind sie unter sich, sprechen sie elsässisch.

Über die Elsässer hält sich hartnäckig eine Geschichte. Vor dem zweiten Weltkrieg arbeiteten viele Elsässer bei der Firma Bosch in Stuttgart. Sie waren sogenannte Grenzgänger. Im Elsass gab es kaum Arbeit aber Neid auf die, die Arbeit bei Bosch hatten. Deshalb nannte man die Grenzgänger verächtlich *Salbosch.* Im französischen heißt Sal=Dreck und Bosch=Schwein. Deshalb wurde dieses Schimpfwort mit *Dreckschwein* übersetzt. Tatsächlich sollte es aber *Dreckbosch* bedeuten.

Die Bosch-Arbeiter aus dem Elsass, inzwischen auch der schwäbischen Sprache mächtig, ärgerten dagegen ihre Landsleute mit dem Ausspruch: *Halt dei Gosch - i schaff beim Bosch.*

Der ewige Irrtum

Es ist an der Zeit, mit dieser unsinnigen Dreckbosch-Geschichte aufzuräumen. Damals gab es den Ausdruck *alboche*, ein Kunstwort das sich aus al=allemand (deutsch) und boche=caboche (Dickschädel) zusammensetzt. Mit *tete de boch* wurde jemand als Dickkopf oder Holzkopf beschimpft. Ursprünglich war eine boche eine Holzkugel, zu vergleichen mit einer Kegelkugel.

Dass boche etwas mit der Firma Bosch zu tun hat ist Blödsinn. Der Begriff wurde bereits im Krieg 1870/1871 verwendet. Die Firma Bosch wurde aber erst 1886 gegründet.

Auch die Annahme boche würde Schwein bedeuten ist falsch. Sal steht für salzig und nicht für Dreck. Die Bezeichnung salboche (Salbosch) = Dreckbosch hat es nie gegeben.

Die Badenser

Die Elsässer leben links vom Rhein, die Badenser rechts vom Rhein. Laut Duden ist die Bezeichnung Badenser korrekt. Trotzdem hört man sie nicht gerne. Die Menschen die da wohnen sind Badener und möchten auch so genannt werden.

Ein Heilbronner gebrauchte das Wort Badenser einmal im Baden-Württembergischen Landtag. Darauf drohte der nordbadische CDU-Abgeordnete Franz Gurk, er würde ihn künftig Heilbronnser nennen. Wobei Bronnser dem Wort Brunzer/Bronzer ziemlich nahekommt.

Und wenn ein Frankfurter es wagt, mich Badenser zu nennen, nenne ich ihn einfach Frankfurtzer.

Wenn wir schon die Elsässer nicht verstehen, wie ist es dann erst mit den Bayern und den Sachsen?

Die Bayern

Ich war schon oft in Bayern, aber richtig verstanden habe ich die Bayern nie. Wir können die Hessen mit den Norddeutschen vergleichen, die Schwaben mit den Rheinländern, die Westfalen mit den Niedersachsen. Große Unterschiede gibt es nicht. Gut, wenn der Norddeutsche Platt spricht versteht der Schwabe kein Wort. Umgekehrt ist das auch der Fall. Ich hörte auch schon Rheinländer ihren Dialekt sprechen und verstand kein Wort. Trotzdem ist eine Verständigung, wenn auch mit Mühe, möglich.

Die große Ausnahme bilden die Bayern. Ihre Bräuche sind seltsam und ihre Sprache verstehen wir überhaupt nicht.

Wenn ich spontan etwas zu den Bayern sagen sollte fallen mir ein paar Dinge ein:

Fingerhakeln und Schuhplatteln,
Fensterln, Dirndl und Blasmusik,
die Wies'n, Brez'n und Radi,
Weißbier und Weißwurst,
Sepplhut und Hofbräuhaus,
und den FC Bayern München.

Der Bayer hat seinen Nationalstolz und seinen Schlachtruf: *Mia san mia.* Seine Sprache ist einfach und derb und er verkürzt gern die Sätze. Ein Beispiel: *Das ist ausgezeichnet, das ist hervorragend, das ist wunderbar.* Dafür hat der Bayer nur zwei Worte: *Basst scho.* Oder: *Hast du mich verstanden?* Der Bayer: *Host mi.*

Pilze sind beim Bayern Schwammerl und Giftpilze sind narrische Schwammerl. Ich spielte mal mit einem Bayern Karten und bekam ständig gute Karten. Als dem Bayern das zu dumm wurde sagte er: *Hast du narrische Schwammerl gfressen?* Jetzt weiß ich auch, was das bedeutet.

Sagt der Bayer *Hiasl,* meint er damit einen dummen Kerl. Allerdings ist Hiasl auch der Nickname für Matthias. So wie Sepp für Josef. Einen Depp oder Blödmann nennt er auch *Zipfelklatscher.*

Der Bayer ist stur, engstirnig und grantelt gern. Sein nächster Verwandter ist der Wolperdinger, ein Hase mit Entenfüßen, Hirschgeweih und Flügeln.

Aber auch das ist Bayern. Dort entstand die NSDAP, die SA, die SS und die HJ. Aus Bayern stammen auch der zweite und dritte Mann des Dritten Reiches, Göring und Himmler. Lauter g'standene Mannsbilder. Das Oberbayerische KZ Dachau galt als Muster für Auschwitz und viele andere Lager. Nicht ohne Grund bezeichnete Hitler München als seine Lieblingsstadt.

Der Wolpertinger

Dieses bayerische Fabelwesen sieht man so selten, dass ich ihm eine eigene Geschichte einräume.

Der genaue Ursprung des Wolpertingers ist unklar. Es ist ein Mischwesen, das bereits in der Antike bekannt war.

In Teilen von Niederbayern wird er als *Oibadrischl* bezeichnet, in der Oberpfalz als *Rammeschucksn*. In Niederösterreich und Teilen von Salzburg nennt man ihn *Raurackl*. Der Schriftsteller Ludwig Ganghofer nannte das Wesen *Hirschbockbirkfuchsauergams*.

Der Wolpertinger hat den Körper und Kopf eines Hasen. Auf dem Kopf hat er ein Geweih, auf dem Rücken zwei Flügel und die Hinterbeine enden in Entenfüßen.

Die Legende besagt, dass man ihn nur fangen kann, wenn man ihm Salz auf den Schwanz streut. Auch eine andere Methode verspricht Erfolg. Man zieht bei Vollmond mit einer Kerze, einem Sack, einem Stock und einem Spaten los. Der Sack wird durch den Stock offen gehalten und die Kerze wird davor gestellt. Wird der Wolpertinger nun durch das Kerzenlicht angelockt, nimmt man den Spaten und treibt ihn in den Sack. So oder ähnlich muss man vorgehen.

Unsere europäischen Nachbarn sind neidisch auf unseren Wolpertinger. Deshalb haben sie ihre eigenen Fabelwesen.

In Tirol ist es der *Blutschink*. Vom Kopf bis zum Bauch ist der Blutschink ein schwarzfelliger Zottelbär mit großen, vorstehenden Zähnen. Vom Bauch abwärts ist er menschlich.

In der Schweiz und in Frankreich haben sie den *Dahu*. Der Dahu gleicht mehr einem Gamsbock. Er hat verschieden lange Läufe, die auf einer Seite kürzer sind als auf der anderen. Damit kann er am Berghang besser stehen und gehen.

Im Alemannischen und im Siegerland hat man den *Dilldapp*. Ähnlich dem Wolpertinger ist er eine Kreuzung aus Iltis oder Hamster, Kaninchen und Reh.

In der Pfalz schwören sie auf den *Elwetritsch*. Er wird beschrieben als vogel- oder hühnerähnlich, kann aber seine Flügel nicht gebrauchen. Deshalb hält er sich im Unterholz oder unter Rebstöcken auf. Manchmal hat er auch ein Hirschgeweih und einen langen Schnabel.

In den USA gibt es neben Bigfoot auch noch andere Fabeltiere. Zum Beispiel der *Jackalope*. Er ist ein Hasenbock mit dem Horn eines Gabelbockes. Im Südwesten gibt es eine Hasenart die man *Antelope Jack Rabbit* (Antilopenhase) nennt. Er ist bekannt für seine außergewöhnliche Schnelligkeit und seine langen Ohren.

Aber der schönste von allen ist immer noch unser Wolpertinger.

Die Sachsen

Sie sprechen einen der beliebtesten Dialekte. Man hört ihn nicht nur auf Mallorca oder Gran Canaria, sondern auch in Antalya und auf österreichischen Skihütten. Jeder kennt den Ausdruck: *Ei verbibbsch, is des ä Kramladn (na so etwas, ist das ein Kramladen).* Wenn man im Ausland diese Worte hört fühlt man sich gleich wie zu Hause.

Neulich ging ich mal wieder durch die Innenstadt. Wie schon oft, hörte ich unterwegs kein deutsches Wort. Als ich die Fußgängerzone erreichte geschah ein Wunder. Ich hörte mehrere Stimmen die fast deutsch sprachen. Der Dialekt war grauenvoll. Na klar, es waren Sachsen. Nun eroberten sie auch noch unsere Provinz.

Damit ich diese seltsame Sprache verstehen konnte, musste ich erst mal einige der wichtigsten Begriffe übersetzen.

Zuerst die Begrüßung:

Guten Morgen heißt *Morschn.*

Guten Tag heißt *Daach.*

Guten Abend heißt *Nabend.*

Gute Nacht heißt *Nacht ooch.*

Der Sachse sagt auch nicht auf Wiedersehen, sondern *bis Bälde* oder *machenses hibsch*. Und Entschuldigen sie bitte verkürzt er zu einem Wort: *Schulldjung*.

Auch für die einzelnen Körperteile hat er besondere Bezeichnungen:

Der Kopf ist der *Gobb*.

Die Nase ist der *Zinkgkn*.

Die Augen sind die *Oochn*.

Die Ohren sind die *Läffl*.

Der Mund ist die *Gusche*.

Die Hände sind *Flossn*.

Die Füße sind *Laadschn*.

Große Füße sind *Gwadrahdlaadschn*.

Der Hintern ist der *Bobbo*.

Der Bauch ist die *Wambe*.

Aus der Zustimmung ja, das stimmt, macht der Sachse *so isses*. Zum Frühstück gibt es *ä Schälchn Heeßn* - eine Tasse Kaffee. Dazu eine *Bemme* (Brotscheibe). Ist sie mit Butter bestrichen heißt sie *Butterbemme*. Nimmt man Schweineschmalz heißt sie *Fettbemme*.

Der Sachse plaudert auch nicht, er *babbelt*. Wenn er *Dieschl* sagt, meint er einen Tiegel oder eine Bratpfanne. Ist er Zuhause dann ist er *Daheeme*. Er geht auch nicht einkaufen sondern *eingoofen*.

Fährt er mit dem Auto zum Flughafen nennt er das *rumguddschn*. Das Flugzeug mit dem er dann nach Mallorca fliegt ist ein *Flieschor* und sein Gepäck ist das *Gelummbe*. Im englischen heißt das Gepäck *baggage*. Der Sachse meint mit der *Baggasche* allerdings Pack oder Gesindel.

Die Hausschuhe sind *Laatschen* und die Füße die drinstecken sind *Mauken*. Für das Wort auch hat der Sachse *ooch*, leicht zu verwechseln mit *Oochn* - Augen.

Auch wenn ich all diese Begriffe jetzt auswendig gelernt habe, verstehe ich die Sachsen trotzdem nicht.

Die Schweizer

Bei unseren europäischen Nachbarn läuft einiges anders. Der Schweizer zum Beispiel flucht wie wild, wenn die Bahn auch nur eine Minute zu spät kommt. Darüber können wir nur lachen.

Der typische Schweizer spricht auch nie über Geld. Der Deutsche dagegen jammert ständig, dass er zu wenig verdient, dass alles zu teuer ist und dass er zuviele Steuern zahlt.

Der Schweizer hält Autofahrten über einer halben Stunde für eine Zumutung. Der Deutsche fährt schon mal von Konstanz nach Flensburg und hält nur einmal an, in Kassel, um zu tanken.

Die Schweiz hat vier Amtssprachen: Deutsch, Italienisch, Französisch und Rätoromanisch. Das bedeutet aber nicht, dass jeder Schweizer vier Sprachen spricht. Und Hochdeutsch ist für ihn sowieso eine Fremdsprache.

Mit der Pünktlichkeit hält es der Schweizer nicht so genau wie der Deutsche. Wenn man zu einem Termin 1 Minute zu früh oder 2 Minuten zu spät kommt gilt das immer noch als pünktlich.

Wenn sich der Schweizer verabschiedet, vor allem in der Berner Region, dann sagt er ein gedehntes *Aaauusoo.*

Die Österreicher

Unsere österreichischen Nachbarn dagegen sind überpünktlich. Kommt man 5 Minuten zu früh heißt es: *Pünktlich auf die Minute.*

Der Österreicher lässt keine Gelegenheit für Kaffee und Kuchen aus. Dafür ist er zu jeder Tag- und Nachtzeit zu haben.

Warum die Taxifahrer in Österreich alle Mercedes fahren ist ein Rätsel. Keiner kann es erklären. Es gibt dafür keine Regel oder Vorschrift. Vielleicht haben sie bis heute noch nicht bemerkt, dass es auch andere Autos gibt.

Beim Wintersport sind die Österreicher natürlich spitze. Wundern sie sich nicht wenn es heißt: *Unter den ersten Drei sind vier Österreicher.*

Die Franzosen

Wir nennen sie liebevoll *Froschmampfer*, aber was wissen wir über unsere westlichen Nachbarn, die Franzosen? Jede zweite Französin sieht aus wie die 20-jährige Brigitte Bardot.

Frankreich ist das Kernland der Mode und des Parfüms. Der Franzose achtet immer auf sein Äußeres. Darin unterscheidet er sich gewaltig vom Deutschen, der die Öffentlichkeit mit seinen ältesten grauen Schlabbertrainingshosen beehrt. In Frankreich steht auf ein solches Vergehen die Todesstrafe.

Wenn der Franzose nicht gerade flirtet, sich parfümiert oder seine Anzüge sortiert, streikt er oder bereitet seinen nächsten Urlaub vor. Natürlich nur in Frankreich.

Der Franzose hasst jede Arbeit und jeder ist ein Revolutionär. Schon morgens revoltiert die Ehefrau und die Kinder erkennen keine Autorität an und streiken beim geringsten Anlass.

Wenn der französische Bauer mit dem Wetter unzufrieden ist blockiert er mit seinem Traktor die Autobahn. Nervige Chef's werden einfach von ihren Angestellten gefeuert. Der gefährlichste Job ist Staatspräsident. Keiner will den Job machen.

Am liebsten ärgern die Franzosen die Deutschen. Deshalb bauen sie ein Atomkraftwerk nach dem anderen an der deutsch-französischen

Grenze. Noch lieber ärgert der Franzose aber den Briten.

Jeder Franzose trägt am Schlüsselbund einen kleinen Eiffelturm. Das ist Nationalstolz. Außerdem lernt er keine Fremdsprache. Der Franzose erwartet von allen, dass sie französisch sprechen.

Die Briten

Über unsere britischen Nachbarn gibt es nicht viel zu sagen. Sie haben immer noch den Linksverkehr und ihre Teezeit. Alle Schüler tragen Schuluniformen. Typisch sind auch die roten Telefonzellen und die Doppeldeckerbusse.

Die unzähligen Pubs haben mit deutschen Kneipen wenig gemeinsam. Wenn man wartet, bis ein Kellner an den Tisch kommt, wird man wohl verdursten.

Die britische Küche hat keinen guten Ruf. Die Briten essen Fish und Chips mit Essig darüber. Dann noch etwas undefinierbares wie Plumpudding. Eigentlich müssten die Briten alle schlank sein, gäbe es nicht das Bier.

Auch ihr Humor ist seltsam. Sie machen gerne Witze über Nazis. Sollte man aber einen Witz über die Königsfamilie machen, verlässt man die Insel nicht mehr lebend.

Über unsere östlichen Nachbarn wissen wir noch wenig. Aber das wird sich ändern, denn immer mehr besuchen uns regelmäßig in der Nacht.

Fazit: Deutschland mag inzwischen ja das beliebteste Land sein, aber die Deutschen sind noch weit davon entfernt.

Kunstgeschichten
Ich bin eine Kunstbanause

Vor einigen Jahren war ich mal auf einer international bekannten Kunstausstellung. Ich möchte hier keinen Namen nennen. Vielleicht finden sie selbst heraus, welche Ausstellung gemeint ist.

Als ich in Kassel aus dem Zug stieg fand ich ohne Probleme das Ausstellungsgelände. An jeder Ecke war ein Hinweis und man konnte es nicht verfehlen.

Bewaffnet mit dem Ausstellungskatalog betrat ich den ersten Raum. An einer langen Wand hingen unzählige kleine Bildchen mit einfachen Motiven (Strichmännchen, Tiere, Blumen). Die Bildchen waren mit Buntstiften ausgemalt und zusätzlich mit Kugelschreibern bekritzelt. Sie erinnerten mich an meine ersten Malversuche als 3-jähriger. Die Bildchen stammten aber nicht von Kindern, sondern von einem international bedeutenden Künstler aus Afrika.

Im nächsten Raum waren gleich mehrere Exponate ausgestellt. Ein Regal mit Stoffbahnen behängt erinnerte an ein Teppichbodengeschäft. In der Ecke war ein großer Haufen aus alten Koffern. Das war atemberaubend und sah aus, wie bei mir auf meinem alten Dachboden. Übertroffen wurde dieses Exponat aber noch von übereinander gestapelten Holzkisten.

Im nächsten Raum standen ebenfalls Holzkisten, die waren aber offen und enthielten Metallteile. Das erinnerte mich an meine Lehre im Stahllager. Ich ging weiter und kam an einem einfachen Holztisch vorbei. Dieser war mit Schriftzeichen vollgeschmiert und ebenfalls ein bedeutendes Kunstwerk. Mein Kunstverständnis wurde auf eine harte Probe gestellt. Dann sah ich an die Decke. Dort hing eine grün angemalte Pferdekutsche. Ich ging vorsichtig darunter hindurch und sah an der Wand Fotos von einer Müllkippe. So etwas sieht man auch nicht alle Tage. Vielleicht wollte der Künstler damit sagen, dass hier nur Müll ausgestellt wird.

Dann ging ich weiter zum nächsten Raum. Der war verdunkelt. Darin standen große Scheinwerfer, die voll aufgeblendet waren. Ich reagierte schnell und hielt mir den Ausstellungskatalog vor die Augen. Andere Besucher hatten weniger Glück, stolperten und drohten hinzufallen. Deshalb kam ich auch als einziger in den Genuss dieses Kunstwerkes. In der Mitte des Raumes saß die Künstlerin auf einem Stuhl. In den Händen hielt sie einen Karabiner, an dem sie ständig den Verschluss öffnete und schloss. Dabei erzeugte sie ein metallisches Geräusch: Klack, Klack, Klack. Im dunklen Hintergrund ging ein Mann mit schweren Stiefeln auf und ab und erzeugte dabei ebenfalls ein Geräusch: Klonk, Klonk, Klonk. Irgendwie klang das harmonisch, aber verstanden habe ich das Kunstwerk nicht.

Im nächsten Raum stand ein Mann und schlug mit einem Hammer gegen die Wand. Immer und immer wieder. In der Ecke saß ein Zwerg, Entschuldigung ein Kleinwüchsiger, der zu jedem Schlag mit dem Kopf nickte. Das war natürlich gelogen. Dieses Kunstwerk habe ich gerade erfunden. Aber es würde zu den anderen passen.

Nachdem ich nun die ersten Exponate geistig verarbeitet hatte, kamen mir doch große Zweifel. Bin ich nun eine Kunstbanause und verstehe von Kunst überhaupt nichts, oder ist das alles eine riesengroße Verarschung.

Die Voraussetzungen dafür, dass man hier ausstellen darf, sind sehr streng. Der Künstler muss möglichst farbig sein und aus einem exotischen Land kommen. Ein Deutscher hat so gut wie keine Chance, hier etwas auszustellen, obwohl es mit unseren Steuergeldern finanziert wird.

Wer es auf diese Ausstellung schafft, bekommt den Ruf als internationaler Künstler und irgendein Kunstpreis ist ihm sicher. Das Kunstwerk ist Nebensache. Je weniger Sinn das Kunstwerk hat, um so höher ist der künstlerische Wert.

Aber nun kommen schwere Zeiten auf die Künstler zu. Die jährliche Sperrmüllsammlung wurde eingestellt. Wo nehmen nun die Künstler ihre Kunstwerke her? Müssen sie nun etwa selbst etwas zusammenbauen?

Noch etwas fiel mir auf. Auf dem Ausstellungsgelände sah ich Studenten aus Taiwan, Japan, China, Korea und anderen Ländern. Wer bezahlt das alles?

Ja, ich bin eine Kunstbanause. Aber wenn im Ort eine Kunstgalerie eröffnet wird, muss ich einfach hin. Außerdem ist der Eintritt frei und das reicht für einen Schwaben völlig aus.

Die neue Kunstgalerie

Nun hatte auch in unserer Stadt eine Kunstgalerie eröffnet. Die musste ich unbedingt besuchen. Für Kunst bin ich immer zu haben. Vielleicht bin ich inzwischen schon ein Kunstexperte.

Im ersten Raum hing eine Skulptur, die wie ein Feuerlöscher aussah. Sie war knallrot und die Ähnlichkeit war verblüffend. Ich war begeistert.

Darunter stand ein Kunstwerk, das sollte wohl einen alten Waschtisch darstellen. Der Künstler hatte es gut getroffen. Gekrönt war es mit einer Mischbatterie auf der W und K stand. Als welterfahrener Mensch wusste ich sofort: W heißt Wasser und K heißt keines. Das war sehr originell.

An einem der Hähne war etwas angeschlossen, das wie eine grüne Schlange aussah. Aus dem Kopf spuckte es Wasser. Auf Anhieb verstand ich den Sinn dieser Skulptur nicht. Schon sah ich ein weiteres Kunstwerk an der Wand. Ein weißes Schild mit rotem Rand. Vermutlich Pop Art. In der Mitte stand: *Rauchen verboten.*

Ich war beim betrachten der Kunstwerke ganz in Gedanken versunken, da kam plötzlich eine kleine dunkle Frau herein und rief: *Was machen du in Waschraum. Ausstellung ist in nächste Zimmer*. Ich schlich mich kleinlaut in den nächsten Raum. Dort wurde ich von moderner Kunst förmlich erschlagen.

Ausgestellt waren Bilder und Skulpturen die aus Nahrungsmitteln hergestellt waren. Aus Nudeln, Toastbrot, Käse, Schinken und Spaghetti. Na, ja, wenn die keinen Käufer finden kann man sie wenigstens aufessen.

Dann sah ich in der Ecke einen glänzenden Kübel. Aha, ein Abfalleimer, dachte ich und warf ein gebrauchtes Taschentuch hinein. Der Kübel war auch schon halb voll. Da sah ich ein Preisschild. Das Ding kostete soviel wie ein Mittelklassewagen. Nun war ich doch etwas enttäuscht und ging zum Ausgang. Mit dieser neuen Kunstrichtung konnte ich nichts anfangen.

Neben dem Ausgang stand eine Menagerie mit herrlichen Pralinen, aufgespießt auf Zahnsto-

chern. Endlich mal etwas sinnvolles. Im vorbeigehen nahm ich mir die größte und schob sie unauffällig in den Mund. Sie schmeckte etwas ko-
misch, nach Sägemehl und Klebstoff. Pfui Dei-
bel, nicht mal die Pralinen waren echt. Sie waren
Teil der Ausstellung, aus Holz und mit Klebstoff
überzogen. Jetzt hatte ich endgültig die Schnauze
voll.

Eine Putzfrau kam mir entgegen und fragte:
Ist das Kunst oder kann das weg? Dabei deutete
sie auf verschiedene Gegenstände. Ich sagte ihr
im Vertrauen: *Das kann alles weg.*

Am Ausgang stand ein Wachmann. Er hielt
mich auf und fragte: *Verstehen sie etwas von
Kunst?* Der Kerl ging mir auf die Nerven und
ich antwortete: *Kunst mi am Orsch lecken.* Dann
ging ich hinaus.

Früher gaben sich die Künstler noch Mühe.
Heute schlägt einer einen Nagel in ein Brett und
hängt es als Kunstwerk an die Wand. Gut, über
Kunst kann man nicht streiten. Kunst gefällt oder
sie gefällt nicht. In diesem Fall also nicht.

Das Wetter
Der Wettermacher

Mein Großvater war bekannt für seine Sprüche. Eines Tages sagte er für den nächsten Tag
ein Gewitter mit Sturm voraus. Am nächsten Tag
kam tatsächlich ein Gewitter mit Sturmböen.

Schnell sprach sich im Ort herum, dass der Eugen die richtige Voraussage gemacht hatte. Nun kamen die Leute immer wieder zu ihm und fragten: *Eugen, wie wird morgen das Wetter.* Mein Großvater war Goldschmied und kein Meteorologe. Das heißt, er hatte keine Ahnung, aber er hatte Phantasie. Er gab den Leuten seine Wetter-Prognosen und lag damit oft genauso falsch wie die heutigen Wetterdienste.

Aber die Sache wurde zum Selbstläufer. Bald hieß es hinter vorgehaltener Hand: *Wenn du wissen willst, wie das Wetter wird, gehe zum Wettermacher.* Jetzt war er schon der Wettermacher.

Aber die Sache machte ihm Spaß. Die Leute kamen zu ihm und nun machte er es auch nicht mehr umsonst.

Manchmal lag er mit seinen Vorhersagen sogar richtig und das blieb den Leuten im Gedächtnis haften. Aber er wurde älter und irgendwann fiel ihm nichts mehr ein. Ihm wurde die Wettermacherei lästig.

Eines Tages kam mal wieder ein Nachbar und fragte: *Du Eugen, wie wird morgen das Wetter?* Darauf sagte mein Großvater: *Jetzt habe ich lange genug das Wetter gemacht. Jetzt bin ich zu alt dafür und ein anderer soll nun das Wetter machen.*

Leider fand sich keiner, der dafür Talent hatte. Und mal ehrlich, seit der Zeit haben wir auch kein richtiges Wetter mehr.

Wetterkapriolen

Ich erinnerte mich, früher gab es noch eindeutige Jahreszeiten. Im Winter war es kalt und oft lag ein halber Meter Schnee. Für die Kinder war das toll, sie waren den ganzen Tag draußen an der frischen Luft. Im Frühling wurde es warm und im Sommer heiß. In den großen Schulferien regnete es ganz selten.

Einmal, daran kann ich mich noch erinnern, regnete es sechs Wochen lang überhaupt nicht. Das Wasser wurde knapp und die Flüsse trockneten fast aus. Autofahrer durften ihre Autos nicht mehr waschen und Kleingärtner durften aus dem Fluss kein Wasser entnehmen, natürlich hielt sich keiner daran.

Der Wasserdruck in den umliegenden Gemeinden wurde so niedrig, dass im 2. Stock der Häuser kein Wasser mehr aus dem Wasserhahn kam.

Wir Kinder freuten uns, dass wir uns nun wochenlang nicht mehr waschen mussten. Aber da täuschten wir uns. Auch Zähneputzen fiel nicht aus. Dann kam der Herbst und damit auch Regen und der erste Frost.

Heute haben wir nur noch zwei Jahreszeiten. Auf den Winter folgt gleich der Sommer. Im

Winter haben wir 20 Grad plus und keinen Schnee. Im Sommer, wenn wir eigentlich ins Freibad wollen, hat es nur 12 Grad und es regnet. Am nächsten Tag hat es 30 Grad und unser Kreislauf spielt verrückt. Alles hat sich verändert.

Natürlich war es früher auch nicht heißer, da täuscht uns die Erinnerung. Aber es war beständiger. In den ersten zwei Augustwochen (Hundstage) war es durchgehend schön und man konnte dafür auch eine Reise planen.

Auch in den großen Schulferien war sechs Wochen lang schönes Wetter und die Freibäder waren so voll, dass man von der Wiese nichts mehr sah. Jeder Meter war mit einem Badeteppich belegt. Natürlich gab es auch mal ein Gewitter und man musste sich unterstellen. Aber nach einer halben Stunde war es vorbeigezogen und es wurde wieder schön. Heute haben wir keine normalen Gewitter mehr, sondern gleich Unwetter mit Sturmwarnung. Und so bleibt es auch die nächsten Tage.

Im Winter fror manchmal sogar der Wasserfall zu. Das war ein bizarrer Anblick. Eiskletterer gab es noch nicht, sonst hätten sie da üben können. Auch der Fluss hatte an der Oberfläche eine Eisdecke von 10cm. Darauf konnte man Schlittschuhlaufen. Wenn im Frühjahr die Schneeschmelze begann zerbrach auch die Eisdecke.

Wir Jungen fuhren nun auf den dicken Eisplatten den Fluss hinunter. Das war lebensgefährlich und streng verboten. Aber darum kümmerte sich keiner.

Riesige Eisplatten schoben sich beim Freibad auf die Liegewiese und blieben dort noch wochenlang liegen, bis sie abgeschmolzen waren.

Auch viel später, in den 80er Jahren gab es bereits im November Kälteperioden mit 20 Grad minus. Ich war damals noch bei den Kleintierzüchtern und immer am 20. November (Totensonntag) war die Lokalschau. Genau in dieser Zeit war es immer saukalt. Zwei Wochen lang 10 bis 20 Grad minus. Die Käfige mit den Tieren standen im Freien und überall fror das Wasser ein. Das war nicht nur in einem Jahr, sondern 4 bis 5 Jahre hintereinander immer zur gleichen Zeit.

Auch Anfang Januar gab es immer eine Kälteperiode mit 10 Grad minus, mindestens eine Woche lang. Ich weiß das noch genau, denn jedesmal trocknete die Haut auf meinen Handrücken aus und bekam Risse. Ich musste täglich Melkfett draufschmieren. Die Ursache war aber nicht die Kälte, sondern die extrem trockene Luft.

Letztes Jahr hatte ich mal darauf geachtet, wie kalt es um den 20. November herum ist. Es hatte fast 20 Grad plus. Auch im Januar waren es 1 bis

2 Grad minus, mehr nicht. Entweder das Klima hat sich verändert, oder mein Gedächtnis.

Vielleicht liegt das gar nicht an El Ninjo, wie das die Meteorologen immer vorbeten? Vielleicht liegt es wirklich daran, dass es keinen Wettermacher mehr gibt?

Die Wettervorhersage

Nach den Nachrichten kommt heute immer die Wettervorhersage, auf jedem Sender. Eine junge Dame albert zuerst mit dem Nachrichtensprecher, dann erzählt sie von Isothermen und Isobaren, von Tiefdruckgebieten über Schottland und einem Azorenhoch. Hinter ihr an der Wand sieht man diese Strömungsbilder, die einem nichts sagen. Sie haben auch keinerlei Bedeutung. Die Ähnlichkeit mit einem Van-Gogh-Gemälde ist rein zufällig. Nachdem ich 5 Minuten lang zugelabert wurde weiß ich nicht mehr, brauche ich morgen Winterreifen oder gehe ich ins Freibad. Früher war das viel einfacher, nach den Abendnachrichten hieß es: Piep, piep, piep, kalter Wind aus Nordost. Da wusste ich, morgen könnte es kalt werden, da nehme ich lieber einen Pullover mit.

Wenn es heute mal einen Tag lang regnet steht ein Moderator in irgendeinem See oder einer Pfütze und berichtet von der Unwetterkatastrophe. Gibt es einen Wintereinbruch sieht man den

Moderator dick eingepackt vor der Kamera, hinter ihm ist eine Straße auf der 1 cm Schnee liegt und der Verkehr reibungslos läuft. Das wird uns als katastrophale Schneefälle verkauft. Halten die uns alle für blöd?

Kurioses in eigener Sache
Engelchen und Teufelchen

Vor Jahren sah ich in einem Shop kleine weiße Porzellanengelchen in verschiedenen Größen. Ich dachte, so ein Engelchen passt doch gut auf das Grab der Mutter. Ich kaufte einen kleinen Engel und stellte ihn auf das Grab. Auf der dunklen Erde sah der weiße Engel gar nicht schlecht aus.

Einige Wochen später ging ich wieder über den Friedhof und traute meinen Augen nicht. Fast auf jedem zweiten Grab stand nun solch ein Engelchen. Manche waren sogar größer und auf einigen Gräbern standen gleich mehrere Engel. Inzwischen werden diese sogar geklaut.

Nun entdeckte ich in einem Shop ein kleines rotes Teufelchen und erinnerte mich an die Engel. Ich kaufte den Teufel und stellte ihn neben den Engel (er war immer noch dort) auf das Grab. In einigen Wochen werde ich wieder den Friedhof besuchen. Ich bin neugierig, ob nun auf den anderen Gräbern auch solche Teufelchen stehen. Wundern würde es mich nicht.

Paketboten

Ich kaufe fast alles (außer Lebensmittel) über das Internet. Deshalb kommt jede Woche ein Paketbote zu mir. Meistens kommt der Postzusteller, aber es kommen auch Hermes, DPD, upps und andere private Unternehmen. Aber alle haben eines gemeinsam, dieses Gerät auf dem man unterschreiben muss. Das Display ist etwas größer als eine Briefmarke und ich muss im stehen und freihändig unterschreiben. Das Ergebnis ist ein Gekritzel, das mit meiner Unterschrift keine Ähnlichkeit hat. Darüber ärgere ich mich jedesmal. Nun unterschreibe ich seit einigen Wochen nur noch mit *Arschloch*. Und wisst ihr was? Bisher ist das keinem aufgefallen.

Ich habe Macken

Es gibt harmlose Macken und solche, die das Leben stark beeinträchtigen. Die nennt man dann Zwangsstörungen. Jeder Mensch hat Macken. Wer glaubt, er habe keine, der hat die Größte.

Meine Macken sind harmlos, wenigstens die meisten. In meiner Wohnung muss immer alles gerade liegen. Wenn ein Buch irgendwo schräg liegt, rücke ich es gerade. Dies gilt auch für Teppiche, Beistelltische und Stühle. Das ist eine Macke.

Beim Treppensteigen zähle ich die Stufen. Im Haus sind Treppen mit 7 und mit 8 Stufen. Wenn ich den Wäschekorb mit der nassen Wäsche in den Trockenraum trage (im Keller) sehe ich die Stufen nicht. Deshalb ist es wichtig mitzuzählen. Als ich das noch nicht machte, bin ich einmal fast auf die Schnauze gefallen. Ich glaube, das ist keine Macke.

Dann ist da noch mein Schlüsselbund. Daran sind die Schlüssel für Haustür, Wohnungstür, Keller, Briefkasten, Fahrrad und Mülltonne. Dann habe ich noch einen zweiten Schlüsselbund mit Ersatzschlüsseln. Ich habe mir überlegt, wohin mit den Ersatzschlüsseln. In der Wohnung lassen bringt nichts. Verliere ich meine Schlüssel komme ich ja nicht mehr in die Wohnung. Einem Nachbarn geben? Ich bin doch nicht verrückt. Und die Verwandschaft? Soviel Vertrauen habe ich nicht. Also stecke ich auch die Ersatzschlüssel ein, wenn ich aus dem Haus gehe. Ich habe also immer zwei Schlüsselbunde in der Tasche. Vielleicht ist das eine Macke?

Wenn ich eine Zeitschrift kaufe nehme ich nie die oberste im Stapel, sondern die dritte. Die oberste wurde ja schon von vielen Menschen angefasst und ist sicher voller Keime. Dann nehme ich erst alle Werbebeilagen und Duftproben heraus. Erst dann kann ich die Zeitschrift lesen. Bei der Tageszeitung entferne ich die Werbeprospekte und die Sonderseiten von Saturn, Media Markt und den Discountern. Übrig bleibt einen dünne

Zeitung die ich in 10 Minuten gelesen habe. Das ist keine Macke.

Die Samstagzeitung ist inzwischen so dick, dass sie der Zeitungsbote mit dem Hammer in den Briefschlitz hämmern muss. Wenn ich sie dann herausziehe sind einige Seiten schon zerrissen.

Wenn ich in ein Geschäft gehe und das Gesuchte nicht finde habe ich beim Hinausgehen ein schlechtes Gewissen. Ich fühle mich dann von den Angestellten beobachtet, als ob ich etwas geklaut hätte. Das ist auch eine Macke.

Wenn ich mir Hosen kaufe muss ich sie erst anprobieren. In der Umkleide ist aber ein großer Spiegel. Nun glaube ich immer, das wäre so ein Spiegel wie bei der Polizei, der von einer Seite durchsichtig ist und dahinter sitzt jemand und beobachtet mich. Ich drehe mich dann immer so, dass er meinen Hintern sieht. Ob das hilft? Ich glaube, das ist auch eine Macke.

Wenn ich an der roten Fußgängerampel warte und links und rechts neben mir gehen die Leute trotzdem über die Straße, wünsche ich mir, dass die von einem Müllwagen überfahren werden. Obwohl ich mir das fest wünsche ist es bisher noch nicht passiert. Das ist keine Macke.

Wenn ich mit dem Bus fahre und jemand hustet oder niest, halte ich die Luft an und steige an der nächsten Haltestelle aus. Inzwischen schaffe ich schon zwei Minuten. Während der Grippezeit fahre ich sowieso nicht mit dem Bus, sondern gehe zu Fuß. Habe ich einen Arzttermin, betrete ich das Wartezimmer nur noch mit Mundschutz. Das ist natürlich auch eine Macke.

Manchmal entdecke ich im Zimmer eine Spinne an der Decke in einer Ecke. Ich schaue immer wieder hin, ob sie sich bewegt. Ist sie plötzlich nicht mehr da, denke ich, jetzt sitzt sie auf meinem Rücken und lauert. Ich ziehe mein Shirt aus, aber da ist nichts. Langsam bekomme ich Panik und denke, wenn ich nun schlafen gehe läuft sie in der Nacht über mein Gesicht. Nein, das ertrage ich nicht. Ich bleibe so lange auf, bis sie wieder erscheint. Dann steige ich auf die Trittleiter, nehme meinen Spider-Catcher und fange sie lebend. Nun kann ich sie wieder nach Draußen setzten. Diesen Spider-Catcher könnte man auch Spinnenfänger nennen, aber heute muss ja alles eine englische Bezeichnung haben. Ist das nun eine Macke? Nein, ich glaube das ist eine Phobie.

Exzentriker

Viele Menschen haben Schrullen, oder einen Spleen, oder Macken. Doch sie gelten noch lange nicht als Exzentriker. Dieser Begriff wird nur auf Milliardäre oder Prominente angewendet. Der Normalbürger mit einem Spleen oder einer Macke ist einfach ein Spinner.

Jeder Mensch ist etwas Besonderes und Individuelles. Die meisten sind aber angepasst und wollen nicht auffallen. Es gibt jedoch Ausnahmen, die ihre Schrullen in aller Öffentlichkeit zeigen. Meist handelt es sich dabei um Prominente.

Das Wort Exzentriker kommt vom lateinischen *ex centro*, was außerhalb der Mitte bedeutet. Früher galten Exzentriker als Sonderlinge. In jedem Ort gab es einen oder mehrere solcher Originale. Sie sorgten dafür, dass es im Ort nie langweilig wurde.

Ein armer Mensch konnte seine Macken und Schrullen aber nicht öffentlich zeigen. Sonst wurde er für verrückt erklärt und weggesperrt. Man nannte ihn dann einen Spinner.

Bei Reichen oder Prominenten ist das anders. Ihnen verzeiht man ihre Schrullen und amüsiert sich darüber. Man nennt sie Exzentriker.

Manche neigen zu ungewöhnlicher Kleidung. Der französische Schriftsteller Theophile Gautier zog durch die Pariser Straßen, bekleidet mit einem rosafarbenen Hemd und grünen Pantoffeln.

Ernest Hemingway mochte überhaupt keine förmliche Kleidung. Als er den Nobelpreis für Literatur erhielt, nahm er ihn nicht persönlich entgegen. Angeblich hatte er sich bei einem Flugzeugunglück in Afrika verletzt. Tatsächlich verabscheute er aber die Kleiderordnung. Er hätte im Frack erscheinen müssen.

Viele Künstler erfüllten das Klischee des Armen Poeten, wie ihn Spitzweg in seinem berühmten Gemälde darstellte. Im Schlafrock und mit Zipfelmütze arbeiteten Christoph Martin Wieland, Matthias Claudius und Balzac.

Georges Simenon, Schöpfer des legendären Kommissar Maigret trug bei der Arbeit immer dasselbe Hemd. War es mal verschwitzt, musste es sofort gewaschen werden, so dass er es umgehend wieder anziehen konnte.

Der Komponist Richard Wagner arbeitete gerne im seidenen Morgenmantel. Außerdem mussten seine Räume ständig nach Rosenöl duften.

Friedrich Schiller bevorzugte andere Gerüche. Er hatte stets faule Äpfel in seiner Schreibtischschublade gelagert. Das Ethylen, das reife Äpfel produzieren wirkte nicht nur entspannend, sondern stimulierte und inspirierte den Dichter.

Goethe war dem Geheimnis Schillers durch Zufall auf den Grund gekommen. Allerdings löste bei ihm der Geruch keine Inspiration sondern starke Übelkeit aus.

König Friedrich II. war ein Hundenarr. Er hatte 15 Windspiele, die ihn ständig begleiteten. Die Hunde genossen Narrenfreiheit. Für sie wurden Menüs extra zubereitet. Sie hatten alle ihre Plätze am Tisch und schliefen im königlichen Bett. Die

Lakaien mussten mit den Hunden französisch sprechen und sie mit *Sir* anreden.

Exzentriker sind anders als andere Menschen. Sie scheren sich nicht darum, wie die Welt funktioniert. Unter 10.000 Menschen gibt es nur einen Exzentriker.

Alexander Graham Bell versuchte ständig seinem Hund das Sprechen beizubringen. Dabei erfand er nebenbei das Telefon.

Auch der Gründervater der USA, Benjamin Franklin hatte eine Marotte, er bewegte sich am liebsten nackt.

Aber nicht jede Gesellschaft duldet solche Abweichler. Viele Paradiesvögel sind im Laufe der Geschichte im Gefängnis oder Irrenhaus gelandet, manche sogar auf dem Scheiterhaufen. Manche Gesellschaft bietet wenig Raum für exzentrische Lebensweisen. Aber eine Ausnahme gibt es. Die Briten. Hier gilt ein Spleen als schick, besonders in höheren Kreisen.

Kein anderes Land bringt jedoch so viele Exzentriker hervor wie Großbritannien. Jede Familie, die einen schrulligen Onkel oder eine verrückte Tante hat, ist stolz darauf.

Exzentriker findet man auch häufig in der Modebranche. Sie bestechen durch ihre Kleidung. Viele Exzentriker haben eine künstlerische Begabung.

Es gibt natürlich auch wichtigtuerische Prominente, die sich mit Starallüren oder schrillem
Auftreten in die Schlagzeilen bringen. Aber das
sind keine Exzentriker. Alles was sie tun ist kal-
kuliert und dient nur der Selbstdarstellung. Auch
Zwangsneurotiker oder Serienmörder sind keine
Exzentriker.

Vielleicht bin ich auch ein wenig exzentrisch,
ich weiß es nicht. Das Urteil überlasse ich gerne
den Lesern.

Unter den Menschen gibt es jede Menge Verrückter. Vielleicht gehöre ich auch dazu. Ich ste-
he auf dem Standpunkt, lieber verrückt sein und
das Leben genießen, als normal sein und sich
tödlich langweilen. Wenn sie keinen Verrückten
mehr sehen wollen, zerschlagen sie einfach ihren
Spiegel.

Ziehen Sie eine Nummer

Es war mal wieder Zeit, den Reisepass und
den Personalausweis zu verlängern. Dazu musste
ich auf das Passamt und das Amt für öffentliche
Ordnung. Zuerst musste ich aber herausfinden, in
welchem der 3 Rathäuser die Ämter waren.

Im neuen Rathaus waren nur die Bürgermeister, Umweltschutz und Denkmalschutz. Also
Fehlanzeige. Im alten Rathaus war die Stadtinfor-
mation. Dann sah ich einen Hinweis auf das Bürgerzentrum, da musste ich hin.

Ich suchte auf der Infotafel das Einwohnermeldeamt, das Passamt, das Ordnungsamt und die Führerscheinstelle. Gab es diese Ämter überhaupt nicht mehr?

Dann entdeckte ich den Innenhof und den Schalter Information. Er war tatsächlich besetzt und dort konnte ich fragen. Meine Fragen nach den Ämtern führte zu einem Lachanfall der Dame an der Information. Sie erklärte mir, wie einem kleinen Kind, dass alles nun unter dem Namen Bürgerzentrum ist. Dann zeigte sie mir die rote Box an der Wand und sagte: *Ziehen sie eine Nummer. Sobald ihre Nummer auf der Anzeige oben an der Wand erscheint, steht dahinter eine Zahl. In den Raum mit dieser Zahl müssen sie nun gehen.*

Ich hatte verstanden und zog meine Nummer. Im Innenhof waren 10 oder 12 Zimmer ohne Beschriftung. Sie waren lediglich nummeriert. Ich schaute auf das Display an der Wand und verglich die angezeigten Nummern mit meiner gezogenen. Ich war noch weit entfernt. Wenn alle Zimmer besetzt waren, was ich nicht glaubte, müsste es ja schnell gehen. Nachdem ich das Display einige Zeit beobachtet hatte, stellte ich fest, dass immer dieselben 4 Nummern auftauchten. Also waren tatsächlich nur 4 Zimmer besetzt. Nun konnte ich abschätzen wie lange es dauert, bis meine Nummer aufleuchtete. Das waren etwa zwei Stunden.

Nun sah ich mich nach einem Sitzplatz um. Davon gab es wenige. Viel zu wenige. Und wer einen Platz ergattert hatte stand nicht mehr auf.

Nun sah ich die anderen Bürger genauer an. Einige hatten Klappstühle dabei, das waren die Profis. Andere hatten Kühltaschen mit Essen und Getränken dabei. Das waren auch Profis. Ich hatte gar nichts dabei, ich war ein blutiger Anfänger. Einen Vorteil hat dieses System, ich musste nicht mehr die Leute fragen, wer der Letzte ist.

Von den USA kannte ich das mit den Nummern. Beim Bäcker, beim Metzger, beim Arzt und natürlich bei den Behörden, überall muss man eine Nummer ziehen. Sogar bei der Notaufnahme im Hospital.

Inzwischen wird dieses System auch im Finanzamt eingesetzt. Auch die Bahn will in großen Reisezentren dieses Nummernsystem einführen. Damit soll es keine Warteschlangen mehr geben. Dann gibt es eben einen Wartehaufen.

In Essener Bürgerämtern ist man schon einen Schritt weiter. Dort wird das System wieder abgeschafft. Statt dessen werden Terminals aufgestellt, an denen sich jeder Bürger einen Termin geben lassen kann. Ist der Termin erst in einer Stunde, kann man dazwischen noch etwas erledigen (Kaffee trinken) und braucht nicht zu warten. Eine gute Idee.

Aber in skandinavischen Ländern wurde das Nummernsystem ausgedehnt. Dort muss man, wie in den USA, nun auch bei Bäcker, Metzger, Apotheker und Facharzt eine Nummer ziehen. Vorreiter dafür ist Schweden. Da gibt es kaum noch einen Laden, ohne diese Nummernautomaten. Auch Island ist inzwischen durchnummeriert.

Seit einiger Zeit muss man auch in Italien am Wurst-, Käse- und Brotstand eine Nummer ziehen. Dort ist es aber sinnvoll, denn der Italiener stellt sich nicht an sondern drängt sich einfach vor.

Nun gibt es auch schon Edeka-Läden, wo man für die Fleischtheke eine Nummer ziehen muss. Daran muss man sich erst gewöhnen.

Deshalb beim Eintreten in öffentliche Räume erst einmal umsehen, ob irgendwo so ein Nummernspender hängt. Ich fürchte, dass dieses System bald überall eingeführt wird. Ich bekomme dann beim Bäcker nur eine Brezel, wenn ich vorher eine Nummer gezogen habe.

Vielleicht ist es für die kleinen Geschäfte übertrieben aber man kann sich an alles gewöhnen.

Am besten fand ich die Idee, das auch in der Arztpraxis einzuführen. Dann entfallen diese unsinnigen Termine, die doch nicht eingehalten werden. Ich hatte schon erlebt, dass ich trotz Termin zwei Stunden warten musste. Deshalb bin ich sofort dafür, dass es bei Hausärzten, Fachärzten, Zahnärzten und Augenärzten eingeführt wird.

Wenn ich mir aber am Kiosk eine Zeitung holen will und die Dame sagt: *Ziehen sie erst eine Nummer,* dann leben wir im Plemplem-Land. Aber soweit wird es nicht kommen. Oder doch?

Gaunerzinken

In meiner Jugendzeit sah man oft an den Häusern diese komischen Zeichen. Diese Zeichensprache wird schon seit dem 12. Jahrhundert benutzt um einfache Botschaften zu übermitteln. Gauner, Verbrecher und Bettler haben sich diese Zeichen zu Nutzen gemacht, um ihren Komplizen mitzuteilen, ob es in dem Haus etwas zu holen gibt, oder ob hier ein gefährlicher Hund ist.

Als die Nationalsozialisten an die Macht kamen, verschwanden diese Zeichen völlig. Auch nach dem Krieg blieben die Zeichen viele Jahre verschwunden. Aber nachdem die Grenzen zum Osten geöffnet wurden tauchten sie plötzlich wieder auf.

Die Gaunerzinken sind nicht leicht zu entdecken. Sie werden nicht gerade öffentlich angebracht sondern an verborgenen Winkeln und

Ecken.

Manchmal sind auch Kreidezeichen auf dem Gehweg vor dem Haus. Diese sind meistens von Kindern. Oft melden Bürger auffällige Zeichen und es stellt sich heraus, dass es doch nur Kinderzeichnungen waren.

Echte Gaunerzinken sind für den Normalbürger nicht leicht zu entdecken, so klein und versteckt sind sie. Die Gauner wissen aber, wohin sie schauen müssen.

Inzwischen werden manche Häuser auch noch anders markiert. An den Klingeln sind kleine farbige Punkte. Farben und Anzahl der Punkte sind unterschiedlich. Die Häuser werden ausgespäht und für spätere Einbrüche markiert. Die Punkte sind extrem klein und kaum zu sehen, bilden aber Informationen für die Ganoven.

Auch neu sind die Eimer, die für Altkleider und Schuhe verteilt werden. Dabei spielt die Farbe der Eimer eine Rolle.

Blauer Eimer = Achtung Hund

Roter Eimer = Katzen

Gelber Eimer = Einbruch lohnt sich

Ich habe unser Haus und die Nachbarhäuser genau untersucht und nichts gefunden. Aber warum erst warten, bis die Ganoven unsere Fassaden, Garagentore und Briefkästen vollkritzeln.

Da hatte ich eine bessere Idee. Ich bringe die Gaunerzinken selbst an, natürlich nur solche, die

Bettler abschrecken. Ich habe mir auch schon einige ausgesucht.

- Ein Kreis mit zwei Strichen bedeutet: Leute rufen die Polizei.
- Ein Quadrat mit einem Punkt in der Mitte bedeutet: Vorsicht hier gibt's Prügel. Das ist mein Favorit.
- Zwei Pfeile, quer über einem Kreis bedeutet: Hau schnell ab. Auch das ist mein Favorit.
- Ein ganz gewöhmlicher Kreis bedeutet: Hier gibt es nichts.

Abends schlich ich von Haus zu Haus und markierte so die Häuser in der ganzen Straße. Damit waren wir alle vor den Ganoven geschützt.

Und, haben die Nachbarn mir dafür gedankt? Nein. Einer hatte mich hinter dem Vorhang beobachtet und angezeigt. Noch am Abend wurde ich von der Polizei festgenommen. Ich erklärte denn Beamten meinen genialen Plan, stieß aber auf wenig Verständnis. Nun droht mir eine Anzeige wegen groben Unfuges.

Wartet nur ihr Banausen, Ich komme wieder, dann werde ich aber andere Zeichen bei euch anbringen.

- Ein einfaches X bedeutet: Hier gibt es etwas.
- Fünf Kreise, drei oben, zwei unten, wie die olympischen Ringe bedeuten: Hier gibt es

Geld.

- Zwei runde Hügel (BH) bedeuten: Es sind nur Frauen im Haus.
- Ein Kreuz bedeutet: Hier lohnt es sich fromm zu sein.

Die werden noch an mich denken, wenn die Banden aus dem Ostblock bei uns einfallen.

Die Tageszeitung

Ich hatte bisher keine Zeitung. Die Nachrichten sah ich im Fernsehen und am nächsten Tag standen sie in der Tageszeitung. Dafür brauchte ich die Zeitung nicht, aber das lokale Geschehen interessierte mich schon.

Ein Hausmitbewohner stand eine Zeit lang sehr spät auf und bis dahin hatte ich seine Zeitung schon gelesen und zurückgesteckt. Aber nun wurde der Mitbewohner zum Frühaufsteher und ich musste eine andere Lösung suchen.

Dann fiel mir der Hund eines Nachbarn auf. Der strolchte immer durch die Gegend und ich freundete mich mit ihm an. Das war einfach. Er wartete schon am Morgen vor dem Haus und bekam dann sein Leckerli. Als ich genug Vertrauen aufgebaut hatte, brachte ich ihm bei, morgens eine Tageszeitung mitzubringen.

Das klappte hervorragend. Am nächsten Morgen hatte er eine Tageszeitung in der Schnauze.

Keine Ahnung, wo er die her hatte. Aber er wollte sie nicht hergeben. Bis ich sie endlich hatte, war sie ganz verbissen. Ich schimpfte mit ihm: *Blöder Hund.* Der freute sich, wedelte mit dem Schwanz und rannte davon. Nun habe ich die Zeitung doch abonniert.

Der Sonntagsspaziergang

Um fit zu bleiben habe ich zwei Möglichkeiten. Ich laufe jeden Tag Amok. Das wird aber mit der Zeit doch zu anstrengend. Oder ich wähle die zweite Möglichkeit, den Sonntagsspaziergang.

Im Bad fange ich an, dann geht es am Kühlschrank vorbei zur Couch. Nun sehe ich ein bisschen fern. Dann gehe ich weiter zum PC und surfe im Internet.

Die Zeit vergeht wie im Flug und nach 5 Stunden muss ich mich vom Internet verabschieden. Das Wetter hat heute mitgespielt und nächsten Sonntag wiederhole ich das Ganze. Nun muss ich mich erstmal ausruhen.

Ein ganz normaler Tag

Der Tag begann wie immer. Ich wurde von einer dunkelhaarigen, ziemlich hübschen, halbnackten Frau geweckt. Zwei Minuten später läutete der Wecker und ich wachte wirklich auf.

Nach dem Frühstück versuchte ich einen Bekannten am Telefon zu erreichen. Nach dem 10. Klingeln sagte ich: *Geht der Arsch vielleicht jetzt endlich mal ran?* In dem Moment antwortete eine Stimme aus dem Hörer: *Der Arsch hört dir zu.*

Bevor ich das Haus verließ spülte ich noch schnell das Geschirr vom Frühstück ab. Das ging schnell, es war ja nur die Kaffeetasse. Die Küchenspüle machte seltsame Geräusche. Das Wasser lief nur langsam ab und es gluckerte. Diese Geräusch kannte ich. Der Abfluss war mal wieder so weit zugewachsen, dass nur noch ein winziges Loch übrig blieb. Da musste das Wasser durchfließen. Ich musste die Rohre sofort saubermachen.

So etwas macht man selbst und holt nicht den Installateur. Ich legte mir alles bereit, stellte einen Eimer unter den Siphon und schraubte die Teile ab. Der Eimer sollte die braune Brühe auffangen. Davon kam reichlich. Als alle Teile wieder sauber waren nahm ich den Eimer und kippte die braune Brühe in den Abfluss im Spülbecken. Allerdings hatte ich dabei die Rohre noch nicht wieder angeschraubt. Was nun kam war eine Riesensauerei.

Ich brauchte zwei Stunden, bis alles wieder sauber war. Alles was ich mir für den Tag vorgenommen hatte, war hinfällig. Mein Zeitplan war völlig durcheinander geraten. Trotzdem musste ich aus der Wohnung, sonst würde ich noch verrückt.

Als ich die Straße entlang ging hörte ich jemand meinen Vornamen rufen. Ich drehte mich um, um zu sehen, wer mich gerufen hatte. Fehlanzeige. Ein Rentner hatte seine Hund gerufen. Wenigstens rief er Karl und nicht Karle. Der Hund war ein Dackel.

Unterwegs fing es an zu regnen. Ach was, es goss in Strömen. Aber Heute hatte ich meinen Schirm nicht zu Hause vergessen. Heute habe ich ihn im Bus liegenlassen. Also ein ganz normaler Tag.

Wozu brauche ich den Krempel?

Aufbewahren oder wegwerfen. Das sind schwere Entscheidungen. Meine Wohnung ist voll. Übervoll. Es gibt keinen freien Platz mehr. Jeder noch so kleine Platz ist mit Krempel vollgestellt. Ich muss unbedingt ausmisten.

Ich schaue mir alles genau an, dann frage ich mich, wozu brauche ich das? Das erste was mir auffällt ist der Messerblock aus Massivholz. Darin sind Messer, die ich nie verwende. Ich habe doch eine Besteckschublade mit den Messern, die ich immer verwende. Wozu habe ich den Messerblock überhaupt mal gekauft? Der kann also weg.

Auf dem Badregal sehe ich Flaschen mit Raumduft. Verschiedene Sorten. Alle sind noch voll. Wozu habe ich die gekauft? Jetzt erinnere ich mich, das war mal ein Sonderangebot bei ALDI. Ich brauche keinen Raumduft. Regelmäßig lüften ist doch gesünder.

Hier ein Tipp. Wenn es auf der Toilette mal unangenehm riecht, einfach ein Streichholz anzünden und langsam abbrennen lassen. Dafür habe ich diese überlangen Zündhölzer aus dem Drogeriemarkt. Der Geruch von Salpeter und Schwefel ist nicht unangenehm und überdeckt den Geruch von Ammoniak und Methan. Als die Menschen noch in Häusern aus Holz mit Strohdächern wohnten bedeutete der Geruch von Feuer Lebensgefahr. Das ist immer noch in unserem Unterbewusstsein gespeichert. Deshalb nehmen wir diesen Geruch viel intensiver wahr und er überdeckt alle anderen Gerüche. Probieren sie es einmal aus. Wenn man irgendwo eingeladen ist und auf die Toilette muss, möchte man keine üblen Gerüche hinterlassen. Also immer Streichhölzer einstecken.

Die ganzen Duftspender entsorge ich. Nun nehme ich mir den Geschirrschrank vor. Wozu brauche ich einen Eierköpfer. Ich esse doch gar keine Eier. Also weg damit. Und die Eierlöffel gleich dazu.

Wozu brauche ich Kochlöffelhalter. Ich koche doch gar nichts. Also weg damit, zusammen mit den Kochlöffeln. Dann sehe ich in der Schublade ein Fischbesteck. Ich esse keinen Fisch. Also weg damit. Im Bad stehen mindestens 10 verschiedene Plastikflaschen mit Reinigungsmitteln. Das ist viel zu viel. Mir reicht doch eine Flasche Meister Propper, damit putze ich das Bad, die Fenster, die Küche und den Boden. Für ganz harte Fälle habe ich noch Chlorbleiche. Zwei Flaschen genügen also. Der Rest kann weg.

Dann die ganzen unbenutzten Flaschen mit Shampoo. Ich benutze immer dasselbe Mittel. Alle anderen stehen rum und verstauben. Ich habe sie noch nicht einmal gekauft, sondern zu jedem Geburtstag von der Apotheke eine Flasche bekommen. Was mache ich damit? Verschenken oder wegschmeißen? Wahrscheinlich schmeiße ich sie weg.

Nun schaue ich mir meine Regale genauer an. Da steht ein Laminiergerät. Auch ein Sonderangebot von ALDI. Es ist noch originalverpackt und steht da schon 5 Jahre. Ich weiß nicht einmal mehr, was ich laminieren wollte.

Daneben steht ein Gerät, mit dem ich meine alten Fotonegative digitalisieren kann. Ich habe mir mal einige alte Bilder angesehen. da war nichts darunter, was sich digitalisieren lohnt. Das Gerät ist ebenfalls noch originalverpackt. Verschenken oder wegschmeißen? Ich überlege noch.

Jetzt schaue ich in den Kleiderschrank. Der ist ja schon wieder voll. Habe ich nicht erst kürzlich Klamotten ausgesondert und zum Container gebracht? Oder ist das schon länger her. Da hängen Jacken, die ich nie mehr anziehe. Nicht weil sie aus der Mode sind, das ist mir egal, nein, weil sie nicht mehr passen. Dann entdecke ich ganz am Rand einen Übergangsmantel. Wozu brauchen wir eigentlich einen Übergangsmantel? Welchen Zweck erfüllt er? Benutzt wird er doch nie. Den gibt es nur in Deutschland, sonst nirgends auf der Welt. Doch im Fernsehen habe ich schon einen gesehen, bei Inspektor Columbo.

Nachdem ich nun alles auf einem Haufen hatte, war das eine ganze Menge. Aber nun kam das nächste Problem. Wie entsorge ich das alles. Die Klamotten kommen in den Container, das ist einfach. Aber wohin die Besteckteile, die Shampooflaschen, die Reinigungsmittel, den Messerblock, das Laminiergerät und der Digitalisierer? Ein Teil kann in den gelben Sack. Aber der Rest ist praktisch Sondermüll und kann nicht so einfach entsorgt werden. Also doch verschenken?

Ich weiß was ich tue. In der Nacht zum 6. Dezember stelle ich vor jede Wohnung im Haus 1 Flasche mit Putzmittel und 1 Flasche Shampoo. Damit tue ich sogar etwas Gutes. Hoffentlich wird es nicht falsch verstanden. Für die Elektro-Geräte lasse ich mir auch noch etwas einfallen.

Leute ich sage euch, die Wohnung ausmisten ist gar nicht so einfach. Bei jedem Stück, das ich in die Hand nehme, denke ich, das kann ich doch noch gebrauchen. Am Besten die Augen schließen und alles in einen großen Karton schmeißen. Den Karton verschließen und nicht mehr reinschauen.

Nach meiner Entrümpelungsaktion habe ich immer noch nicht mehr Platz in der Wohnung, aber trotzdem ein gutes Gefühl. Nächste Woche wird erneut ausgemistet, so lange, bis die Wohnung ganz leer ist.

Festnetzanschluss

Es fing schon am Morgen an. Der Duschvorhang wehte in die Dusche und klebte am Körper. Plötzlich klingelte das Telefon. Ich komme aus der Dusche und gehe ran. Es könnte ja etwas in der Verwandschaft passiert sein.

Fehlanzeige, irgend so ein Idiot spricht sofort los: *Gratuliere, sie haben gewonnen.* Ich schmiss den Hörer auf die Gabel und ging wieder unter die Dusche. Ich hatte gerade das Wasser aufgedreht, da klingelte es schon wieder.

Diesmal ließ ich mir Zeit und trocknete mich erst ab. Als ich den Hörer abnahm war niemand mehr dran. Und schon wieder klingelt es. Diesmal nahm ich gleich ab, vielleicht war es doch ein Verwandter? Der Anrufer fragte: *Spreche ich mit Herrn Gengenbach persönlich?* Schon legte ich wieder auf. Kein Verwandter oder Bekannter würde mich so anreden. Diese Anrufe gehen mir so langsam gewaltig auf die Nerven.

Mein Handy kann alles

Ich ging mal wieder durch die Fußgängerzone. Plötzlich kam ein Junge auf mich zu und streckte mir sein Handy entgegen. *Oh,* sagte ich, *ein Anruf für mich* und nahm das Handy aus seiner Hand. Ich hielt es ans Ohr aber niemand meldete sich. Ich schüttelte das Handy, vielleicht hatte es einen Wackelkontakt? Da fing der Junge an zu plärren: *Gib mir mein Handy wieder.* Ich gab es ihm zurück und nun stellte sich heraus, er wollte nur fotografiert werden.

Ich ging weiter zu Thalia. Vor der Buchhandlung saßen zwei Mädchen auf einer Sitzbank. Jede hielt ein Buch in der Hand und wischte mit dem Zeigefinger über die Seite. Neugierig fragte Ich: *Was macht ihr da?* Die eine meinte: *Unsere Handys funktionieren nicht, deshalb lesen wir ein Buch. Aber über die erste Seite kommen wir nicht hinaus.* Ich zeigte ihnen, wie man umblättert, damit sie weiterlesen konnten. Beide bedankten sich ganz herzlich.

Dann kam ich an einem Telefonshop vorbei, davon gibt es ja mehrere. Vor dem Shop waren junge Leute unterwegs und sprachen Passanten an. Einer kam direkt auf mich zu, so dass ich nicht mehr ausweichen konnte. Der junge Mann machte ein super Angebot: *Das neue Handy kostet nur 1 Euro und wenn sie zwei Verträge über jeweils 24 Monate abschließen bekommen sie noch einen Roller gratis dazu.* Ich brauchte kein Handy und keinen Roller und lehnte dankend ab.

Jetzt verstand ich auch, warum plötzlich so viele Jugendliche mit Rollern herumfahren. Diese Roller sind billigste Massenware aus China und halten bestimmt nicht so lange, wie der Handyvertrag läuft. Ich sah auch immer mehr Jungs an ihren Rollern herumschrauben. Die wollen ihn aber nicht frisieren, sondern nur zum Laufen bringen.

Ich fragte mich so langsam, wozu denn alle Handys brauchen. Dann sah ich einen Jungen aus der Nachbarschaft, der kam mir gerade recht. Ich fragte ihn: *Wozu benutzt du dein Handy?* Der Junge: *Ist doch klar, um Musik zu hören, um Fotos und Videos zu machen, um ins Internet zu gehen, um neue Apps herunterzuladen, um SMS und MMS zu verschicken, um Radio zu hören und um damit anzugeben.* Endlich hörte er mit dem Aufzählen auf, aber sicher hatte er noch einiges vergessen. Ich fragte ihn: *Telefonierst du auch damit?* Der Junge, ganz verdutzt: *Kann man das auch? Das habe ich noch nie versucht.*

Ich ging weiter und fragte mich, wie ich eigentlich die letzten 50 Jahre ohne Handy ausgekommen bin.

No go area

Wieder so ein englischer Begriff. Er steht für einen Ort oder Platz, an den man nicht geht. Ein Ort der gefährlich ist. Unsere Politiker behaupten, in Deutschland gibt es solche Orte nicht.

Mir fallen zu Pforzheim spontan vier Orte ein, die man meiden sollte. Den Stadtteil Haidach, die Bahnunterführung in der Nacht, den Schloßpark bei Nacht und das Flößerviertel bei Nacht. Für mich alles *no go areas*.

Wenn ich mal so richtig verärgert bin, gehe ich nachts durch die Bahnunterführung. Dann mache ich mich ganz breit und hoffe, dass ich von einem Typen überfallen werde. Den kann ich dann so richtig verdreschen. Einmal habe ich es sogar versucht. Als ich wieder zu mir kam, war mein Geldbeutel weg.

Solche gefährlichen Orte gibt es in allen Großstädten. Duisburg-Marxloh ist zum Beispiel einschlägig bekannt (Rumänen und Bulgaren). In Essen ist es die nördliche Innenstadt, Altendorf sowie Altenessen. In Dortmund ist es die Nordstadt, in Gelsenkirchen die Altstadt und die Neustadt. An diese Orte fahren Polizisten nur ungern und Politiker überhaupt nicht.

Die Dortmunder Nordstadt wurde bereits aufgeteilt zwischen Libanesen, Bulgaren und Nordafrikanern.

Auch in Köln, Wuppertal und Solingen gibt es immer wieder größere Auseinandersetzungen, bei denen die Polizei mit einem Großaufgebot anrücken muss.

Berlin-Kreuzberg, Cottbusser Tor, Hasenheide, Alexanderplatz, sind alle keine no go areas. Trotzdem traut sich da keiner mehr hin. Warum wohl? Die größte no go area ist knapp hinter der Stadtgrenze im Süden, im brandenburgischen Schönefeld. Auf dieses Gelände setzt schon seit Jahren kein normaler Mensch mehr seinen Fuß.

Meine Waschmaschine frisst Socken

Ich wasche einmal in der Woche. Da hat sich dann einiges angesammelt. Auch etliche Paare Socken. Obwohl ich in der Wohnung Barfuß laufe. Wieso brauche ich soviele Socken? Wenn ich nach der Wäsche die Sachen zum trocknen aufhänge fehlt oft eine Socke. Wohin verschwinden diese Socken?

Ich habe natürlich im Internet nachgesehen und fand etliche Berichte von Leuten, denen dasselbe passierte. Nun gibt es verschiedene Theorien, wo die Socken geblieben sind. Aber keine hat mich überzeugt. Eines ist mir aber aufgefallen. Alle Leute mit dem Sockenproblem hatten dieselbe Waschmaschine. Das kann Zufall sein, oder diese Maschine hat eine Vorliebe für Socken. Ich habe in der Bedienungsanleitung nachgesehen. Darin stand nichts von den Socken.

Das Problem habe ich inzwischen anderweitig gelöst. Ich kaufe nur noch Socken in einer Größe und Farbe. Alle meine Socken sind grau (meine Lieblingsfarbe) und jede passt zu jeder. Es macht also nichts aus, wenn mal wieder eine Socke fehlt. Bekomme ich nach der Wäsche eine ungerade Zahl hat sich das nach der nächsten Wäsche wieder geregelt. Dann ist die Zahl wieder gerade.

Gut, nach einem halben Jahr habe ich keine Socken mehr, aber das macht mir nichts aus. Ich kann die Socken sowieso fast nicht mehr anziehen. Ich glaube, meine Arme sind kürzer geworden. Heute sieht man viele Männer, meistens ältere, ohne Socken herumlaufen. Die haben alle dasselbe Problem. Vielleicht wird das nun ein neuer Modetrend.

Ein anderes Problem sind die T-Shirts. Manche haben nach der Wäsche kleine Löcher unter den Achseln. Ist die Fressmaschine auch daran schuld, oder habe ich Motten im Kleiderschrank? Vorsichtshalber habe ich nun Aufhänger gegen Motten in jedes Fach gehängt. Aber gesehen habe ich noch keine Motte. Diese Viecher sind immerhin 4 bis 6 mm groß, also nicht zu übersehen. Außerdem ist mein Kleiderschrank mal wieder so vollgestopft, dass Motten eigentlich gar keinen Platz mehr haben.

Wenn ich morgens die Schranktür öffne, fallen mir entgegen: T-Shirt, Socken und Unterhose. Ich brauche also nicht zu überlegen, was ich anziehe. Diese Entscheidung übernimmt mein Schrank. Auch wenn es farblich nicht zueinander passt, stört mich das nicht. Andere überlegen stundenlang, was sie anziehen sollen. Dieses Problem habe ich nicht und es erspart mir schwierige Entscheidungen.

Der Einbürgerungstest

Nun sind die meisten Einwanderer schon über ein Jahr bei uns und stehen vor ihrer schwersten Prüfung, dem Einbürgerungstest.

Ich wollte herausfinden, ob ich als Deutscher diesen Test bestehe und ging im Internet auf die Seite der Landesregierung. Jedes Bundesland hat seinen eigenen Test. Aus hundert Fragen können 10 ausgewählt werden, das klingt einfach. Die würde ich mit links beantworten. Ich richtete mich auf lange 5 Minuten ein und begann den Test.

1. Frage: Welches Wappen gehört zum Bundesland Baden-Württemberg? Es wurden 4 Wap-

pen abgebildet und ich fand auf Anhieb das richtige.

2. Frage: Ab welchem Alter darf man in Baden-Württemberg bei Kommunalwahlen wählen? Ab 14, 16, 18 oder 20 Jahren. Ich klickte auf die 18.

3. Frage: Wie heißt die Landeshauptstadt von Baden-Württemberg? Mannheim, Heidelberg, Karlsruhe, Stuttgart? Ich wollte erst Karlsruhe anklicken entschied mich dann aber für Stuttgart.

4. Frage: Welche Farben hat die Landesflagge? Blau-weiß-rot, weiß-blau, schwarz-gold oder grün - weiß - rot. Pforzheim hat blau-weiß, also entschied ich mich für die weiß-blaue Flagge.

5. Frage: Für wie viele Jahre wird der Landtag gewählt? 3, 4, 5 oder 6 Jahre. Ich tippte auf 4 Jahre.

6. Frage: Welchen Minister hat unser Bundesland nicht? Innen-, Justiz-, Außen- oder Finanzminister. Ich musste raten und entschied mich für Außenminister.

7. Frage: Wie nennt man den Regierungschef in Baden -Württemberg. Erster Minister, Premierminister, Ministerpräsident oder Bürgermeister. Ich tippte auf Ministerpräsident.

8. Frage: Welches ist ein Landkreis in Baden-Württemberg. Neckar-Odenwald-Kreis, Altötting, Nordfriesland, Mecklenburgische Seenplat-

te. Ich entschied sich für den Neckar-Odenwald-Kreis.

9. Frage: Welches Bundesland ist Baden-Württemberg. Auf einer Deutschlandkarte musste man das richtige Bundesland ankreuzen. Ich glaube, das ist mir gelungen.

10. Frage: Wo können sie sich in Baden-Württemberg über politische Themen informieren? Bei der Landeszentrale für politisch Bildung, beim Ordnungsamt, bei der Verbraucherzentrale, bei den Kirchen. Ich entschied mich für die Landeszentrale.

Nun war ich gespannt auf das Ergebnis. Der Test war doch schwerer, als ich erwartet hatte. Plötzlich ging ein Fenster auf: *Herzlichen Glückwunsch. Sie haben den Test bestanden. Sie haben 7 Fragen richtig und 3 Fragen falsch beantwortet.*

Das war ja unglaublich. Drei Fehler bei nur 10 Fragen? Ich machte den Test gleich nochmal. Diesmal kamen dieselben Fragen, aber in einer anderen Reihenfolge. Bei Frage 4 änderte ich meine Meinung und gab schwarz-gold für die Landesfarben an. Bei Frage 5 änderte ich die Antwort auf 5 Jahre. Sonst war doch alles richtig.

Schon kam das Ergebnis: *Herzlichen Glückwunsch. Sie haben den Test bestanden. Sie haben 8 Fragen richtig und 2 Fragen falsch beantwortet.*

Was? Immer noch zwei Fehler? Wo sollen die denn sein. Ich hatte keine Ahnung. Wie soll denn ein Ausländer den Test bestehen? Moment mal, ich habe ja den Test zweimal bestanden.

Nun machte ich einen letzten Versuch und beantwortete fünf Fragen falsch. Wieder bestand ich den Test. Besteht man auch, wenn man alle Fragen falsch beantwortet? Das wollte ich nicht ausprobieren. Aber den cleveren Schwaben traue ich alles zu.

Die Schatzsuche

In Deutschland schlummern immer noch Tausende Goldverstecke. Als Rentner habe ich Zeit und das ist sicher ein interessantes Hobby. Ich komme an die frische Luft und habe Bewegung, genau das, was mir der Arzt immer empfohlen hat.

Einfach losziehen mit Rucksack, Hacke und Spaten bringt nichts. Heute braucht man schon einen Metalldetektor. Aber keinen billigen. Die billigen Geräte piepsen immer, ganz gleich, was sie im Boden orten. Meistens sind es Nägel, Kronkorken von Bierflaschen oder Hufeisen und anderer Metallschrott.

Ich sollte mir gleich einen richtigen Detektor zulegen. Der kann nicht nur unterscheiden, ob Eisen oder Edelmetall im Boden liegt, er gibt auch Informationen über die Größe des Objektes.

Ganz teure Geräte können sogar das Alter des Gegenstandes schätzen.

Ein billiger Metalldetektor kostet bereits etwa 1000 Euro. Die besseren Geräte gleich mehrere Tausend. Lohnt sich die Anschaffung?

In der Umgebung von Pforzheim liegen nach der Bombardierung am 23. Februar 1945 noch zahlreiche Blindgänger. Deshalb kommt es häufiger vor, dass man eine Bombe findet und nicht eine alte römische Münze.

Für die Schatzsuche braucht man viel Zeit und die habe ich. Allerdings gibt es da einige Hindernisse. Zunächst einmal braucht man eine Erlaubnis. In Deutschland ist ja alles verboten, was nicht ausdrücklich erlaubt ist.

Nehmen wir mal an, ich hätte die Erlaubnis bekommen und finde eine alte römische Münze. Wem gehört dann mein Fund? Grundsätzlich gehört der Fund dem Staat. Noch nicht einmal dem Eigentümer des Grundstücks, auf dem ich suchte.

Es gab einmal die Hadrianische Teilung. Diese wurde von Kaiser Hadrian im 2. Jahrhundert eingeführt. Diese wurde ins BGB übernommen und so formuliert: Wenn eine Sache so lange verborgen gelegen hat, dass der Eigentümer nicht mehr zu ermitteln ist, so gehört die Hälfte dem Finder und die andere Hälfte dem Eigentümer des Grundstücks. In der Praxis muss der Finder den Schatz mit dem Eigentümer des Grundstücks teilen.

Allerdings gibt es nur drei Bundesländer, in denen die Hadrianische Teilung noch gültig ist: Nordrhein-Westfalen, Bayern und Hessen. Alle anderen haben in ihren Denkmalschutzgesetzen ein sogenanntes Schatzregal eingeführt. Das ist kein Möbelstück. Es handelt sich um Regularien, die es dem Bundesland ermöglichen, sich die Funde anzueignen. Ganz offiziell. Im Kaiserreich gab es schon mal diese Regelung, sie wurde aber um 1900 mit der Einführung des BGB abgeschafft. Nun gilt sie wieder.

Immerhin ist in den Bundesländern vorgesehen, dass der ehrliche Finder eine Entschädigung erhält. Viel ist das allerdings nicht und in manchen Bundesländern warten ehrliche Finder schon seit Jahren auf ihre Entschädigung.

Das heißt, der Schatzsucher investiert viel Geld in die Ausrüstung, außerdem viel Zeit und Arbeit und sobald er etwas findet kommt das Land und nimmt ihm alles weg. Deshalb nimmt die Anzahl der ehrlichen Finder auch ständig ab.

Alte römische Münzen tauchen nun auf Sammlerbörsen auf und werden dort gehandelt. Deshalb sind auch die Archäologen nicht gut auf die Schatzsucher zu sprechen. Der Fundort der Münzen lässt sich ja dann nicht mehr feststellen.

Selbst wenn man im eigenen Garten etwas findet, gehört es dem Staat. In Berlin sind sie in Sachen Fundenteignung besonders streng. Dort gilt das große Schatzregal. Der Staat will alles.

Eigentlich darf das Schatzregal nur bei Funden von historischem Interesse angewendet werden. Bei ständig leeren Staatskassen kann man aber sicher sein, dass jeder Schatzfund von historischem Interesse ist.

Eigentlich gehört jeder rostige Nagel den ich finde dem Land. Aber manchmal sind sie großzügig und ich darf ihn behalten. Ich könnte auch meine römische Münze behalten und privat verkaufen, aber dann mache ich mich strafbar und kann bis zu drei Jahre Haft bekommen. Und dem Käufer der Münze droht einen Anzeige wegen Hehlerei.

Ich habe mir die Schatzsuche einfacher vorgestellt. Ich dachte, ich könnte einfach losmarschieren mit Schaufel und Spitzhacke. Das Werkzeug bleibt nun im Keller und auf den teuren Metalldetektor muss ich auch verzichten. Schon habe ich einen Tausender gespart.

Übrigens, wer einen Schatz mit zwei Beinen findet, darf ich ihn behalten. Da ist der Staat großzügiger, bis jetzt noch.

Kilroy was here

In meiner Jungendzeit gab es noch keine Grafitti, aber manchmal fand ich auf einer Fassade oder einer Mauer die Abbildung unten, aber woher kommt sie und was bedeutet sie?

Die Figur Kilroy wurde weltberühmt durch den Satz Kilroy was here (Kilroy war hier), der im Zweiten Weltkrieg von US-Soldaten an die unmöglichsten Stellen geschrieben wurde. Der Satz wurde oft von einem Bild begleitet, das ein Gesicht mit einer länglichen Nase und zwei runden Augen zeigte. Dieses Gesicht schaute über eine Mauer und war meist das einzige, aus dem das Bild bestand. Manchmal wurden zusätzlich drei Finger gemalt, die sich an der Mauer festhielten.

Die bis heute wahrscheinlichste Erklärung ist, dass der Satz Kilroy was here von dem Schiffsinspektor James J. Kilroy stammt. Kilroys Aufgabe war es, die Arbeiter mit den Nietenmaschinen zu kontrollieren und zu prüfen, wie viele Löcher sie gefüllt hatten. Damit er nichts doppelt zählte und um seinen Vorgesetzten zu zeigen, dass er seine Arbeit auch machte, begann er, den Rumpf der Schiffe, welche er bereits kontrolliert hatte, mit "Kilroy was here" zu versehen. Als ein Schiff dann für einen Militäreinsatz genutzt wurde und Truppen transportieren sollte, war dieser Satz für die Soldaten ein großes Mysterium.

Als Gag schrieben die Soldaten dann überall, wo sie hinkamen, den Satz hin und behaupteten, er habe schon da gestanden, als sie ankamen. Aus dem Spiel wurde ein Wettbewerb: Es galt, als erster das Bild und den Slogan an die unmöglichsten Stellen zu malen, die man sich denken konnte.

Die Alarmanlage

In letzter Zeit wurde täglich von Wohnungseinbrüchen in der Zeitung berichtet. Waren bisher nur Einfamilienhäuser das Ziel, so haben sich inzwischen die Banden aus dem Osten auch Mehrfamilienhäuser vorgenommen. Das machte mir Sorgen. Bin ich in meiner Wohnung noch sicher? Wenn ich ein paar Stunden außer Haus bin könnten Einbrecher meine ganze Wohnung ausräumen.

Den Einbruch selbst fürchte ich nicht. Bei mir liegt kein Geld oder Schmuck herum. Und Fernseher, PC, Stereo-Anlage kann man ersetzen. Natürlich hat sich im Lauf der Jahre einiges an Wert angesammelt. Aber der Verlust ist nicht schlimm. Viel schlimmer ist das Eindringen in meine Intimspähre. Das würde mich mehr verletzen, als alle Diebstähle zusammen.

Um sich vor Einbrechern zu schützen rät die Polizei zu Alarmanlagen. Ich ging also zum Fachhändler und ließ mir einige Systeme zeigen. Das günstigste lag aber immer noch über 1000 Euro. Da ich von Natur aus geizig bin, kam das nicht in Frage.

Der Händler bemühte sich inzwischen schon eine Stunde lang, mir eine teure Anlage aufzuschwatzen. Aber da beißt er bei einem Schwaben auf Granit.

Als ich mal wieder fragte: *Geht es noch billiger?* schnallte er, dass er hier kein Geschäft machen konnte. Genervt sagte er: *Schaffen sie sich einen Papagei an. Das sind die besten Wachhunde.*

Zuhause schaute ich erst mal im Internet nach. Tatsächlich gab es da einige Berichte von Papageien, die Einbrecher in die Flucht getrieben hatten. Diese Vögel sind tatsächlich besser als Wachhunde. Ich könnte mir also einen Papagei zulegen. Aber was kostet so ein Vogel und kann der überhaupt sprechen?

Ich informierte mich über die Anschaffungskosten. Ein normaler Beo oder Kea kostet etwa 1.000 Euro. Für einen Hyazinth-Ara muss man schon über 10.000 Euro hinlegen. Ein Palm-Kakadu ist noch teurer.

Selbst wenn ich einen günstig (gebraucht) bekommt, muss er vielleicht erst noch sprechen lernen. Aber wie bringe ich ihn zum sprechen? Ich könnte ihm vorsprechen, aber das ist nicht gut.

Ich könnte auch Sätze auf CD aufnehmen und diese immer wieder abspielen.

Oder ich drohe ihm, dass ich ihm den Hals umdrehe, wenn er nicht redet.

Nein, das sind keine Lösungen. Ich brauche einen, der schon sprechen kann. So einen gibt es bestimmt auch zu kaufen.

Wenn man in Filmen Papageien sieht, sprechen die immer ganze Sätze. Diese Papageien sind aber von Tiertrainern speziell ausgebildet und kosten bis zu 300.000 Dollar.

Ein normaler Papagei sagt nur kurze Wörter wie: Tag, Wiedersehen, Hallo, Idiot usw., aber keine ganzen Sätze.

Ich habe schon erkannt, mit einem Papagei wird das auch nichts. Am besten bleibe ich ständig in der Wohnung. Meine Einkäufe kann ich mir auch bringen lassen. Allerdings bekomme ich dann das Zeug geliefert, das sie im Supermarkt sonst wegschmeißen. Nein, das ist keine Lösung.

Ein wirksames Mittel gegen Einbrecher habe ich aber doch noch gefunden. Es heißt Hudora. In der Wohnung liegt immer in Griffweite ein Baseball-Schläger Marke Hudora. Der ist bei Ganoven gefürchtet. Die Alarmanlage heißt also Hudora und kostete nur 30 Euro. Wenn also einer in meine Wohnung einbricht und ich bin gerade da, mache ich ihn mit Hudora bekannt.

Wo ist mein Geld versteckt?

Vor vielen Jahren, wir hatten noch unsere geliebte D-Mark, war ich wieder einmal knapp bei Kasse. Es war kurz vor dem Monatsende und ich brauchte dringend Geld. Ich überlegte, wie ich die nächsten drei Tage überstand. Dann hatte ich eine Idee.

Ich öffnete meinen Kleiderschrank und durchsuchte alle Jacken, speziell die Winterjacken, die ich schon lange nicht mehr angezogen hatte. In einer der Jacken fand ich in der Innentasche 90 Mark in Scheinen. Ich hatte damals mit einem Hunderter bezahlt und die Scheine in die Innentasche gesteckt. Als ich die Jacke in den Schrank hängte, dachte ich nicht mehr an das Geld. Ich war gerettet.

Monate später war ich schon wieder knapp bei Kasse. Die Jacken durchsuchen brachte nichts.

Die waren sauber. Aber in irgend einer Box musste ich noch Münzgeld haben. Eine Zeit lang sammelte ich Fünfer, also 5-Mark-Stücke. Nach langer Suche fand ich einen kleinen dicken Geldbeutel voller Fünfer. Insgesamt waren es über 200 Mark. Ich konnte mein Glück kaum fassen. Wieder war ich gerettet.

Inzwischen sind viele Jahre vergangen und wegen des Geldes komme ich nicht mehr in Verlegenheit. Möglicherweise habe ich schon den einen oder anderen Euroschein verlegt. Nun hatte ich Zeit und fing an zu suchen.

Zuerst durchsuchte ich die Jacken. Als ich mit allen durch war, lag auf dem Tisch ein Berg von Tempo-Taschentüchern und daneben ein kleiner Berg Traubenzucker. Aber kein einziger Euro. Ein Gutes hatte die Aktion, ich konnte gleich die Jacken die nicht mehr passten zum Altkleidercontainer bringen.

Nun versuchte ich wie ein Einbrecher zu denken. Für eine Wohnung braucht ein Profi nur 3 Minuten, für ein Haus nur 8 Minuten. Dann hat er alles gefunden.

Vielleicht hatte ich mal einen Schein als Lesezeichen in ein Buch gesteckt? Ich nahm alle Bücher aus dem Regal und durchsuchte sie - Fehlanzeige.

Vielleicht hatte ich auch noch einige Scheine im Sparbuch und vergessen einzuzahlen. Ich brauchte über eine Stunde, bis ich meine Sparbücher fand. In der Zeit hätte ein Einbrecher mindestens 10 Wohnungen durchsucht. In den Sparbüchern war nichts. Dann erinnerte ich mich, dass ich schon seit Jahren nichts mehr einzahlte, weil es fast keine Zinsen mehr gab.

Nun blieben nur noch die üblichen Geldverstecke. Unter der Bettwäsche - nichts. Im Geschirrschrank - nichts. Im Spülkasten der Toilette, wo sonst die Drogen versteckt sind - nichts. In der Schublade mit den Socken - nichts. In einer CD-Hülle - nichts.

Nach vielen Stunden vergeblichen Suchens gab ich auf. Die Wohnung war sauber und nirgendwo war Geld versteckt. Jetzt sah es aber aus, wie nach einem Einbruch. Das nächste Mal lasse ich einen Einbrecher suchen. Der findet garantiert etwas und braucht dazu nur 3 Minuten.

Die blaue Dose

Als ich mit dem Rauchen aufhörte suchte ich nach einem Ersatz und landete beim Schnupftabak. Bekannte hatte ich schon beim schnupfen beobachtet, aber selbst hatte ich es noch nicht versucht.

Das Schnupfen von Tabak gibt es in Europa schon seit dem 17. Jahrhundert. Anders als bei der Zigarette, die geraucht wird, wird der fein gemahlene Schnupftabak auf dem Handrücken zwischen Daumen und Zeigefinger verteilt und langsam eingesogen. Das enthaltene Nikotin wirkt bereits in der Nasenschleimhaut.

Seit Einführung des gesetzlichen Rauchverbotes nimmt der Konsum von Schnupftabak zu. In Schnupfclubs oder -vereinen treffen sich die Mitglieder zum gemeinsamen schnupfen. Oft treten die Clubs bei Meisterschaften gegeneinander an.

Die Regeln bei Meisterschaften sind streng. In einer Stunde müssen 5 Gramm Schnupftabak hochgezogen werden. Wer niest, wird disqualifiziert. Das Tabakpulver darf nur in die Nase und nicht in die Ohren oder den Mund gelangen. Was daneben geht und auf den Tisch fällt wird am Schluss gewogen und abgezogen. Dabei verwendet man die feinsten Goldwaagen.

Das Mutterland des Schnupfens ist Bayern. Dort gibt es verschiedene Wettkampfarten:

Der Gemeindepokal

Die Mannschaftsmeisterschaft

Der Sortenwettbewerb

Die Vereinsmeisterschaft

Das Zielschnupfen

Natürlich gibt es auch Meisterschaften die regelmäßig ausgetragen werden:

Die Bayerische Schnupfmeisterschaft

Die Deutsche Schnupfmeisterschaft

Die Weltmeisterschaft

Der Verbandspokal

Der Internationale Schnupferkongress

Bei diesen Meisterschaften hat jeder Teilnehmer drei Minuten Zeit, um sich 10 Gramm Schnupftabak in die Nase zu stopfen. Alles was auf den Tisch fällt bleibt liegen und wird gewogen. Oft entscheiden Tausendstel Gramm über Sieg oder Niederlage.

Zum Einsatz kommt mentholfreier Tabak, also ein Schmalzler. Weil er klebriger ist, bleibt er auch besser in der Nase stecken. Früher wurde er noch mit Butterschmalz angerührt. Daher der Name.

Von einer Meisterschaft war ich als Anfänger noch weit entfernt. Zuerst musste ich herausfinden, welcher Schnuffi zu mir passt. Die Auswahl war nicht einmal so groß, deshalb versuchte ich sie alle.

Schnupftabak ist tatsächlich richtiger Tabak, gemahlen und mit Aromen versetzt. Die meisten Stoffe die verwendet werden sind Menthol und Eukalyptus. Manche haben auch Fruchtaroma.

Dann gibt es noch Schnupfpulver. Es besteht aus Traubenzucker und Aromen und ist weiß. Tabak ist keiner drin. Das habe ich auch probiert. Erst passierte nichts, aber nach einigen Minuten bekam ich einen Niesanfall, der nicht mehr aufhören wollte. Das Schnupfpulver habe ich sofort von meiner Liste gestrichen. Außerdem sieht es verdächtig aus, wenn man sich in der Öffentlichkeit weißes Pulver in die Nase zieht. Das kann zu Missverständnissen führen.

Schließlich entschied ich mich für Gletscherprise, ein Produkt der Pöschl Tabak GmbH aus Landshut. Ich hatte mir wohl den beliebtesten ausgesucht, denn immer wenn ich eine Dose kaufen wollte, war diese Sorte gerade im Tabakgeschäft vergriffen. Im Supermarkt fand ich aber noch einige Dosen und legte mir gleich einen Vorrat an.

Nachdem ich einige Wochen trainierte hielt ich mich schon für einen Profi-Schnupfer. Im Ort gab es auch einen Schnupferclub und die Meisterschaft stand bevor. Ich war zwar kein Vereinsmitglied, durfte aber trotzdem teilnehmen. Neue Mitglieder sind immer willkommen.

Wir trafen uns im Nebenzimmer einer Gaststätte. Zuerst wurden nochmal die Regeln verkündet. Dann musste jeder Teilnehmer einen Latz umbinden und bekam eine Dose mit 5 Gramm Schnupftabak. Mein Gletscherprise enthält 10 Gramm und der reicht mir einen ganzen Monat.

Ehrlich gesagt, mit dem Latz sahen die anderen bescheuert aus. Ich wahrscheinlich auch.

Nun kam das Startsignal und jeder hatte eine Minute Zeit, soviel wie möglich aus der Dose zu schnupfen. Ist die Zeit abgelaufen, wird der auf den Latz gefallene Schnupftabak zurück in die

Dose gekehrt und abgewogen. Sind Latz und Finger nicht sauber, gibt es Punktabzug.

Ich hatte mit meiner Büchse Pech. Bei meiner Schusseligkeit hatte ich die Büchse umgestoßen und der Schnupftabak lag nicht nur auf dem Latzerl, sondern auch auf dem Hemd, der Hose und dem Boden. Und dann bekam ich auch noch einen Niesanfall. Das war's.

Der Sieger, ein Kerl mit riesigen Nasenlöchern hatte es tatsächlich geschafft, die ganzen 5 Gramm hochzuziehen. Seine Nase sah jetzt innen aus, wie ein Kohlebergwerk. Ich wurde übrigens Letzter.

Nun werde ich weiterhin fleißig mit dem Gletscherprise üben und bei der nächsten Meisterschaft muss man mit mir rechnen. *Hatschi.*

Ohne Werbung geht nichts

Ich habe mir Gedanken gemacht, wie ich meine Bücher besser vermarkten könnte. Um als Schriftsteller bekannter zu werden gibt es verschiedene Möglichkeiten. Ich muss Werbung für meine Bücher machen. Das kostete aber viel Geld.

Oder ich gehe in eine Talkshow als Experte. Für was, ist eigentlich egal. Aber ich hasse Talkshows. Das Niveau der Gespräche ist noch unter Stammtischniveau. Und das will etwas heißen. Bleibt nur noch eines - Auffallen. Aber wie?

Ich lasse mir einen Bart wachsen und flechte Zöpfchen hinein. Aber bis der Bart lang genug ist, dauert es Monate. So lange kann ich nicht warten. Ich brauche eine schnelle Lösung.

Ich lasse meine Haare ganz kurz schneiden und die Stoppeln rot einfärben. Oder ich lasse mir eine Glatze schneiden und einen Dreitagebart stehen. Das klingt schon besser.

Dazu ein paar Piercings und Tattoos. Das macht sicher Eindruck. Aber Tattoos sind ziemlich teuer. Ein Herz oder ein Anker wie Früher reicht nicht mehr aus. Heute muss es schon ein Kunstwerk sein. Nein, das kostet mich zu viel Geld.

Cowboystiefel fallen bestimmt auf. Aber damit kann ich nicht gehen. Vielleicht gehe ich mit offenem Hemd, oder gleich mit nacktem Oberkörper? Leider ist da mein Bauch im Weg. Das geht also gar nicht.

Ich könnte mich ganz in weiß kleiden und einen Hut aufsetzen, oder ein Kopftuch. So etwas gibt es ja auch für Männer.

Und Ohrringe müssen unbedingt sein. Und zwar Kreolen, so groß wie Hula-Hoop-Reifen. Dazu eine goldene Halskette von mindestens 1 Pfund Gewicht. Nein, dann sehe ich ja aus wie ein Zuhälter.

Vielleicht lasse ich auch die Haare lang werden und flechte dann gepflegte Rastazöpfe hinein. Ich habe das schon bei anderen gesehen, die sehen aus wie Rattenschwänze. Nein, das lasse ich lieber bleiben. Und es dauert Jahre, bis meine Haare lang genug sind. Bis dahin möchte ich vielleicht gar nicht mehr auffallen.

Aber eine Umhängetasche aus Leder habe ich mir schon zugelegt. Beim Einkaufen ist sie eine große Hilfe, denn ich habe nun zwei freie Hände. Und darin habe ich zufällig immer mein neuestes Buch.

Van Gogh schnitt sich ein Ohr ab. Und nützte ihm das vielleicht? Nein. Außerdem bin ich Brillenträger und dazu braucht man nun mal beide Ohren.

Hemingway schoss sich mit der Schrotflinte in den Mund. Auf diese Art möchte ich nicht auffallen. Das klingt irgendwie endgültig.

Der Dramatiker Oscar Wilde ging in London mit einem Hummer spazieren. Der Schriftsteller John Ronald Reuen Tolkien erschreckte seine Nachbarn als Axt-schwingender Wikinger.

In England geht so etwas noch durch, aber in Deutschland gilt man schnell als Spinner und wird weggesperrt. Dann war der ganze Aufwand umsonst.

Wenn ich genug Geld hätte, könnte ich mir die Erstauflage von 10.000 Büchern komplett aufkaufen und in der Garage bunkern. Aus dem Stand würde ich in der Bestsellerliste auf Platz eins schießen. Nur so ist es zu erklären, dass manchmal der größte Mist zum Bestseller wird.

Nein, ich bleibe lieber unauffällig und verteile meine Bücher in der Stadt, wo sie zufällig gefunden werden. Die Bücher sind ja in Plastik eingeschweißt und Regen macht ihnen nichts aus. Das kostet mich zwar einige Hunderter, aber ganz ohne Werbung geht es doch nicht.

Nun habe ich es, ich stelle mich am Samstag in der Fußgängerzone neben die Salafisten und verteile dort meine Bücher. In jedes Buch lege ich einen ausgefüllten Zahlschein. Die Leute können dann selbst entscheiden, ob sie mir etwas spenden wollen oder nicht. Ob ich mich gegen den Koran behaupten kann? Mal sehen.

Gelte ich irgendwann mal als Exzentriker, dann habe ich es geschafft.

Die Tauschbörse

Bei vielen Leuten haben sich zu Hause Bücher angesammelt, die sie nicht mehr lesen. Zum wegwerfen sind sie zu schade, aber sie nehmen nur Platz weg und verstauben.

Bei mir hatten sich auch Taschenbücher über 20 Jahre angesammelt. Diese verwahrte ich im Keller in Klappboxen. Jedes Jahr kam eine Box dazu und so langsam wurde es eng. Lesen würde ich die Bücher nicht mehr, aber was konnte ich damit anfangen? Verkaufen bei Ebay? Das ist mir viel zu aufwendig. Und zur Papiersammlung geben? Dafür sind sie zu schade.

Da entdeckte ich hinter der Galeria Kaufhof eine Telefonzelle. Neugierig schaute ich hinein. Darin waren Regale voller Bücher. Ich hatte die erste Tauschbörse für Bücher gefunden. Eigentlich stimmt das nicht. Eine solche Einrichtung gibt es schon seit Jahren im Nagoldfreibad. Und die hat sich bewährt.

Die Tauschbörse hinter dem Kaufhof gibt es schon seit Juli 2015, aber sie wurde kaum beachtet, da an dieser Stelle wenig Leute vorbeigehen. Hätte man sie in der Fußgängerzone aufgestellt, käme sie bestimmt besser an. Aber die Buchhandlung Thalia hätte sicher etwas dagegen. Die wollen ihre Bücher ja verkaufen.

Nun nahm ich jeden Tag, wenn ich in die Stadt kam, einen Tasche voller Bücher mit und füllte die Regale. Bis Dezember hatte ich so etwa 500 Taschenbücher entsorgt. Dann dachte ich, was mit den Büchern geht, kann ich auch mit alten CD's machen. Ich brachte ganze Stapel von CD's zur Börse. Am nächsten Tag war keine mehr da. Dasselbe machte ich mit Videofilmen und DVD's. Ich war die Staubfänger los und jemand hatte seine Freude daran.

So langsam wurden auch andere Leute auf diese Telefonzelle aufmerksam und holten oder brachten Bücher. Aber immer, wenn es eine solche Einrichtung gibt, wird auch Missbrauch damit getrieben. Zufällig beobachtete ich einen Mann dabei, wie er sich einen großen Rucksack mit Büchern aus der Börse füllte. So viel kann man doch gar nicht lesen.

Am nächsten Tag ging ich wieder hin und traute meinen Augen nicht. Alle Regale waren leer. Ist da plötzlich eine Lesemania ausgebrochen? Nein, die Erklärung ist viel einfacher, die Bücher werden bei Ebay oder Amazon Market Place angeboten und als gebraucht für ein paar Cent verkauft.

Eines Tages waren auch noch Einlegeböden verschwunden. Selbst die konnte jemand brauchen. Vielleicht hat er das mit dem Tauschen falsch verstanden.

Nun konnten nur noch wenige Bücher reingestellt werden. Aber der Zonta-Club, der die Tauschbörse betreut brachte es schnell wieder in Ordnung. Nun sind die Böden fest verschraubt.

Schade, dass mit solch einer guten Einrichtung gleich wieder Missbrauch getrieben wird. Wo kämen wir denn hin, wenn jeder holt und keiner bringt. Es heißt doch Tauschbörse. Ich bringe trotzdem weiter Bücher hin, irgendwer hat seine Freude daran.

Ich stellte auch schon einige Stofftiere ins Regal. Am nächsten Tag waren die schon weg. Ich warte schon darauf, bis einer seinen Hund loswerden will und außen an der Zelle anbindet. Möglich ist alles.

Nun komme ich fast jeden Tag zur Tauschbörse und bringe Bücher und CD's hin. Dabei fiel mir ein Mann auf, der ebenfalls jeden Tag kommt. Er kommt immer mit leeren Taschen und füllt diese dann mit Büchern. Ich habe noch nicht gesehen, dass er auch mal ein Buch mitbringt. Und er kommt nicht nur einmal, sondern mehrmals am Tag. Soviele Bücher kann der doch nicht lesen. Ich habe den Verdacht, dass er die Bücher bei Ebay oder Amazon Market-Place verkauft. Er sieht nicht so aus, als hätte er das nötig. Das ist einfach schäbig und er schämt sich noch nicht einmal.

Ich würde ihm gerne persönlich sagen, was ich von ihm halte, aber er ist größer als ich. Aber ich habe eine Idee. Nun reiße ich in jedem Buch die letzte Seite raus und stelle es dann ins Regal. Wenn er diese Bücher verkauft bekommt er Ärger. Vielleicht hilft diese Maßnahme. Nimmt ein anderer diese Bücher hat er halt Pech gehabt.

Ich habe mir nun einige Titel notiert und werde prüfen, ob sie in den nächsten Tagen bei Ebay angeboten werden. Wenn das nicht hilft, lege ich in jedes Buch einen Zettel mit der Aufschrift: *Arschloch.*

Soll ich meine Bücher verschenken?

Ich habe schon von meinen Büchern einige mit Widmung in das Regal der Tauschbörse reingestellt. Auch die verschwanden und tauchten nicht mehr auf. Ich dachte, das ist für mich eine gute Werbung. Am Verkauf meiner Bücher machte sich diese Aktion nicht bemerkbar.

Eine Möglichkeit gibt es aber noch. Ich mache es wie diese Vereine, die kurz vor Weihnachten immer ihre Bettelbriefe schicken. Ich stecke den Leuten einfach eines meiner neueren Bücher in den Briefkasten mit einer ausgefüllten Zahlkarte. Das Buch können sie auf jeden Fall behalten, auch wenn sie nichts bezahlen. Ich fürchte jedoch, dass ich zu wenig Rückmeldungen bekomme. Von 100 Büchern werden vielleicht 5 bezahlt. Ich muss immer daran denken, wir sind im Schwabenland.

Ich wollte erst mal die Straße in der ich wohne testen. Wie viele Bücher würde ich allein dafür brauchen. Ich musste noch nicht einmal zu jedem Haus gehen. Ich habe noch das große dicke Adressbuch von Pforzheim. Darin sind die Namen nach dem Alphabet und nach den Straßen und Hausnummern aufgelistet.

Nachdem ich mir so einen Überblick verschaffte kam ich zu einem Ergebnis, das mich nicht überraschte. Die überwiegende Mehrheit der Namen waren ausländisch. Deutsche Namen waren in der Minderheit. Dann prüfte ich auch andere Straßen im Ort. Das Ergebnis war erschreckend. Ich konnte darauf verzichten, meine Bücher zu verteilen. Die meisten könnten sie ja gar nicht lesen. Schade drum.

Das war peinlich

Für ein befreundetes Ehepaar bestellte ich zum 25. Hochzeitstag bei einer Konditorei eine Torte mit einer genauen Anweisung: *Bitte schreiben sie nichts mit Zuckerguss auf die Oberfläche.* Als das Prachtstück geliefert wurde stand oben mit großen Buchstaben: NICHTS. Das Ehepaar freute sich trotzdem über meinen angeblichen Gag und die Torte kam gut an.

Eine andere Geschichte hatte ich mit einem Mittel zum Abnehmen. Wie schon viele andere Mittel taugte dieses auch nichts. Auf der Packung stand, dass man bei Misserfolg das Geld zurückverlangen könnte. Ich schrieb dem Hersteller und forderte mein Geld zurück. Prompt kam die Antwort: *Auf dem Etikett steht zwar, dass sie bei Nichterfolg ihr Geld zurückverlangen können, aber nirgendwo steht, dass sie es auch bekommen.* Na ja, einen Versuch war es wert.

Dann hatte ich Ärger mit einer großen Versicherung. Ich bekam jede Woche einen Brief. Mal ging es um eine Zusatzversicherung für Zahnersatz, mal um eine Lebensversicherung. Ich brauchte beides nicht. Dann kamen nur noch Angebote für die Lebensversicherung. Ich dachte in meinem Alter wird man nicht mehr versichert. Aber die schickten weiter jede Woche einen Brief. Bis es mir zu dumm wurde und ich den letzten Brief ungeöffnet zurückschickte. Auf die Rückseite schrieb ich: *Auf eine Lebensversicherung kann ich verzichten. Ich will meinen Verwandten das hinterlassen, was sie verdient haben, nämlich nichts.* Von da an blieb ich von weiteren Briefen verschont.

Dann wurde ich von einem Verlag gebeten, eine Liste der hundert besten Bücher zusammenzustellen. Ein Angestellter war im Internet auf meine Bücher aufmerksam geworden. Ich vermutete hinter der ganzen Sache einen Trick und schrieb an den Verlag: *Es ist mir leider nicht möglich, ihnen die hundert besten Bücher aufzulisten, da ich bis heute erst siebzehn Bücher geschrieben habe.* Von dem Verlag hörte ich nie wieder.

Dann traf ich auf der Straße einen Bekannten. Er fragte: *Na, wie läuft es mit deinen Büchern? Sehr gut*, sagte ich, *die Anzahl meiner Leser hat sich verdoppelt. Was*, meinte er, *du hast geheiratet?*

Der Brief und der Stein

Während meiner Ausbildung ging ich in die Handelsschule, heute kaufmännische Berufsschule. Neben mir saß ein Schulkamerad, der mich ständig nervte. Trotzdem waren wir gute Freunde.

Als unsere Ausbildung beendet war verloren wir uns aus den Augen. Ich ging zur Bundeswehr und mein Schulkamerad zog nach Hamburg zu seiner Tante. Wir hatten jahrelang keinen Kontakt mehr.

Eines Tages bekam ich einen Brief aus Hamburg. Der Brief war nicht frankiert. Als ich den Absender sah, bezahlte ich das Strafporto. Ich war neugierig, was mir mein alter Freund zu erzählen hatte.

Es war ein sehr kurzer Text: *Mir geht es gut, dein Schulfreund.* Das mit dem Porto war also Absicht. Er konnte es einfach nicht lassen. Ich überlegte lange, wie ich mich revanchieren konnte, damit er mich nicht vergisst. Dann stolperte ich im Keller über eine alte Holzkiste. Ich weiß nicht mehr, warum ich die aufgehoben hatte. Na klar, der Schwabe schmeißt ja nichts weg. Die Kiste war genau richtig. Ich holte mir vom nahegelegenen Fluss einen großen runden Stein und beschriftete ihn mit einem dicken schwarzen Filzschreiber. Dann packte ich den Stein in die

Kiste und schickte das Paket unfrei nach Hamburg. Es war wirklich sehr schwer.

Mein Schulfreund wollte das Paket erst nicht annehmen, als er aber den Absender sah, bezahlte er die Paketkosten. Er dachte wohl, wenn etwas so schwer ist, muss es wertvoll sein. Die Neugier siegte auch hier über den Verstand. Er öffnete die Kiste und fand den schweren Stein. Darauf stand: *Als ich hörte, dass es dir gut geht, ist mir dieser Stein vom Herzen gefallen.* Ich hörte nie wieder von ihm.

Ich bleibe cool

Ich bin ein geduldiger Mensch und mich bringt so schnell nichts aus der Ruhe. Gut, einige Dinge nerven mich schon und über manches ärgere ich mich sogar. Aber das sind nur ganz wenige Ausnahmen.

Es fängt schon am Morgen an. Wenn ich unter die Dusche möchte und sehe, das Bad ist nicht sauber, nervt mich das. Andere fangen nun gleich an zu putzen, ich aber nicht. Ich nehme meine Brille ab und schon sehe ich den Dreck nicht mehr und kann beruhigt duschen. Versuchen sie das auch einmal, es funktioniert.

Wenn ich dusche, weht der Vorhang nach innen und klebt am Körper. Das ist eklig. Entweder ich verzichte auf den Duschvorhang und habe dann die Sauerei auf dem Boden oder ich verzichtet auf das Duschen. Beides ist nicht akzeptabel.

Dann nehme ich Medikamente ein und versuche den Beipackzettel zu lesen. Die Schrift ist inzwischen so klein, dass ich sie nicht mal mit dem Mikroskop lesen kann. Das ärgert mich. Aber dahinter steckt System. Die Hersteller wollen gar nicht, dass man die Hinweise liest.

Dann schalte ich das Radio ein und es kommt Werbung. Die ist grottenschlecht, so dass ich sofort wieder ausschalte.

Dann probiere ich den Fernseher. Egal welches Programm ich wähle, überall kommt Werbung. Da soll ich mich nicht ärgern?

Muss ich zu meinem Arzt (im 4. OG) steht der Aufzug im 5. OG und kommt nicht herunter. Schon habe ich einen dicken Hals und mein Blutdruck steigt.

Kommt der Fahrstuhl tatsächlich mal herunter, gehe ich hinein und donnere mit dem Schädel gegen die Rückwand. Die Rückwand ist ein Spiegel und dadurch sieht der Fahrstuhl viel größer aus. Ein Blick auf den Boden sagt mir, die Kabine hat ja nur 1 Quadratmeter. Jetzt ärgere ich mich erst recht.

Mich ärgert, dass jeden Tag ein Idiot aufsteht und mir den Tag versaut. Meistens setzt er sich im Bus genau neben mich.

Mich nerven Leute die zu leise reden und dazu noch nuscheln. Weil ich meine Hörgeräte immer zu Hause lasse, muss ich bei diesen Leuten von den Lippen lesen.

Ich will auch im Bus nicht angestarrt werden. Kleine Kinder können das besonders gut, aber gegen die habe ich keine Chance.

Ich kann es auch nicht leiden, wenn man mir Rauch ins Gesicht bläst. Ich war selbt Raucher und habe immer Rücksicht genommen. Das Glaube ich wenigstens.

Ich mag keine Leute, die rülpsen und furzen und nach Rauch und Bier stinken. Warum setzen die sich immer neben mich?

Ich mag keine Leute, die mir nicht zuhören und ständig ins Wort fallen. Ich lasse die anderen doch auch ausreden, wenn ich Zeit habe.

Überhaupt mag ich nicht, wenn man mir zu nahe kommt, mich anstupst oder anfasst. Mein Intimabstand ist 1 Meter. Deshalb mag ich auch keine Umarmungen und kein Bussi Bussi.

Mich ärgern Menschen, die mit vollem Mund sprechen und dann auch noch spucken.

Inzwischen habe ich bestimmt schon 10 mal auf die Uhr geschaut und weiß trotzdem nicht, wie spät es ist. Das ärgert mich auch.

Es gibt noch ein paar Dinge, die mich ärgern. Wenn ich mal Lust auf eine Curry-Wurst und ein Bier habe, bekomme das Bier warm und die

Wurst kalt serviert. Da könnte ich doch gleich aus der Haut fahren.

Komme ich an einer Frittenbude vorbei und bleibe nur kurz stehen, stinken meine Klamotten noch wochenlang. Das ist ärgerlich.

Überall läuft diese nervige Hintergrundmusik. Erträgt denn keiner mehr ein bisschen Stille? Wenn schon Musik, dann bitte recht laut.

Komme ich zum Zentralen Omnibusbahnhof, dem Paradestück der Stadtväter muss ich mich schon wieder ärgern. Überall hängen Schilder: *Defekt*. Die Fahrstühle fahren nicht und die Toiletten sind zugesperrt.

Mich ärgert, dass ich in der Arztpraxis Eintrittspreis bezahlen muss und die Assistentinnen können noch nicht einmal singen.

Mich ärgert, dass mein Regenschirm beim ersten Windstoß umklappt. Er hat immerhin mal 3 Mark gekostet, vor 30 Jahren.

Nehme ich mal meinen sperrigen Stockschirm mit, regnet es nicht. Habe ich ihn nicht dabei, dann gießt es in Strömen. Das ist ärgerlich.

Mich ärgert im Supermarkt, wenn einer ein Päckchen Kaugummi mit der Scheckkarte bezahlt. Ist der noch ganz dicht?

Mich ärgert, dass auf Verpackungen das MHD so verborgen ist, dass ich es nicht finde.

Gehe ich morgens um 10 Uhr durch die Fußgängerzone, ist sie rappelvoll. Arbeitet denn keiner mehr?

Natürlich nervt mich auch das Fernsehprogramm. Am Liebsten würde ich den neuen Flachfernseher aus dem Fenster schmeißen, aber damit trifft man ja keinen mehr. Irgendwann bin ich so verblödet, dass ich nicht mehr die Fernbedienung bedienen kann. Dann hat sich das Problem von selbst erledigt.

Gehe ich ins Internet kommen ständig Meldungen: *Veraltete Datenbanken. Download durchführen.* Ständig soll ich mir etwas herunterladen. Dazu habe ich keine Lust.

Von Amazon werde ich ständig aufgefordert, meine Einkäufe doch zu bewerten. Für den Einzelhandel könnte man das ja einführen. Am Eingang drei große Knöpfe für die Bewertung anbringen: *Gut - geht so - schlecht.* Die Knöpfe müssen sehr groß sein, dass man mit der Faust draufhauen kann.

Es gibt noch viel mehr, was mich ärgert, aber mir fällt gerade nichts mehr ein. Aber wenn ich in die Stadt gehe, stolpere ich wieder über Dinge die mich ärgern. Es gibt ja Leute, denen fällt das nicht auf, aber ich sehe alles. Wenn ich aber erst mal anfange, alles zu hinterfragen, werde ich verrückt.

Die Beerdigung

Mein Onkel Otto war gestorben und ich musste zur Beerdigung. Mein Onkel war ein unbeliebter Mensch, aber er war Katholik und bei der Beerdigung war es Tradition, dass man am Grab nur Gutes über ihn spricht.

Der Pfarrer sah in die Runde, aber alle schwiegen. Mir fiel auch nichts Gutes ein, was ich über meinen Onkel sagen konnte. Selbst der Pfarrer, der sonst immer einige Sprüche bereit hatte, sagte nichts.

Ich flüsterte zu meinem Nebenmann: *Wenn ich wüsste, dass auch mal so einen schönen Sarg bekomme, würde ich auf der Stelle tot umfallen.* Mein Nebenmann musste sich zusammenreißen, damit er nicht vor Lachen herausplatzte.

Alle Trauergäste schwiegen. Es war eine peinliche Stille am Grab. Wieder schaute der Pfarrer in die Runde und meinte: *Es muss doch einen geben, der etwas positives über den Verstorbenen sagen kann. Ich kann die Beerdigung erst fortführen, wenn einer etwas Gutes gesagt hat.* Wieder schaute er in die Runde. Die Trauergäste scharrten verlegen mit den Füßen.

Jetzt nahm er einen Zettel aus seiner Bibel, den er von der Familie des Verstorbenen bekommen hatte und las vor: *Er war ein sehr solider Bürger, außer wenn er feierte, und er feierte oft.*

Kann das jemand bestätigen? Wieder herrschte betretenes Schweigen.

Nun hatte er die Nase voll und wollte das Ganze zu Ende bringen, damit er wieder nach Hause zu Frau und Kind kam. Er begann mit seiner Standard-Schlusspredigt:

Bei diesem traurigen Anlass stellen wir uns die Frage, was für ein Mensch war der Verstorbene. Was machte er im Leben. Was für Ziele hatte er. War sein Leben erfüllt? Die Antwort lautet - keine Ahnung. Ich kannte den Typ nicht und weiß nichts über ihn. Er kam auch nie in die Kirche. Ich war nur zufällig am Telefon, als die Familie anrief, nachdem er das Zeitliche segnete. Letzte Chance, kann noch irgend jemand etwas Gutes über den Verstorbenen sagen?

Da sagte ich mit leiser Stimme aus dem Hintergrund: *Sein Bruder war noch schlimmer.*

I werd old

Nach der Beerdigung war ich nachdenklich geworden War ich auch schon so alt, dass ich bald in die Grube fahre? Ich schaltete das Radio ein und hörte ein Lied von Konstantin Wecker *I werd old.* Das brachte mich erneut zum nachdenken. Bemerkt man es eigentlich selbst, wenn man alt wird, oder bemerken es die anderen schon früher.

Ich überlegte, was sich in den letzten Jahren in meinem Leben verändert hat und da gab es schon einige Hinweise. Mit meiner Brille kann ich morgens nicht mehr die Zeitung lesen. Es reicht gerade noch für die Überschriften. Ist das schon die erste Alterserscheinung?

Vielleicht liegt es auch daran, dass die Schriften immer kleiner werden. Die Drucker werden immer besser, aber nicht unsere Augen.

Wenn ich mich mit Bekannten treffe, erzähle ich immer, wie es damals in der Jugend war. Den anderen geht es genauso. Sind die auch schon alt? Im Schwimmbad frage ich nach dem Seniorenrabatt. Das ist nun ein eindeutiges Zeichen.

Für die Werbung bin ich auch in keiner Zielgruppe mehr. Nur noch in der Apotheken-Umschau für Treppenlifte und Rollatoren.

Neulich fand ich beim aufräumen noch DM-Scheine, italienische Lira, spanische Peseten und österreichische Schilling. Diese Währungen gibt es doch schon lange nicht mehr, aber vielleicht gibt es sie bald wieder?

Wenn ich in eine andere Stadt muss (Stuttgart, Karlsruhe) erkundige ich mich erst mal nach den öffentlichen Toiletten. So etwas hätte mich früher nie interessiert. Neulich war ich im Reisebüro und fragte nach Last-Minute-Reisen. Man hat mir eine Reise ins nächste Altersheim angeboten. So eine Frechheit.

Selbst beim Klassentreffen fällt mir auf, wie alt die anderen schon sind. Man könnte meinen, mancher hätte seinen Vater mitgebracht. Sehe ich auch schon so alt aus? Meine Haare werden schon grau. Ich lasse sie beim Friseur immer ganz kurz schneiden (4mm), dann sieht man den Graustich nicht mehr. Sobald sie wieder länger werden - grau. Allerdings wachsen die Haare auf dem Kopf nicht mehr so üppig. Dafür wachsen sie nun aus der Nase und den Ohren.

Plötzlich bekomme ich im Gesicht Falten. Das macht mir eigentlich nichts aus. Aber warum immer im Gesicht, wo es am Arsch doch viel mehr Platz hat? Auch meine Ohren werden immer größer. Bald kann ich dem Elefanten Jumbo Konkurrenz machen. Eines ist mir auch aufgefallen, alle sagen plötzlich *Sie* zu mir.

Und dann die Namen. Ich vergesse immer mehr Namen. Treffe ich ehemalige Arbeitskollegen fällt mir der Name nicht mehr ein. Sogar bei Schulkameradinnen weiß ich keinen Namen mehr.

Beim Fernsehen schlafe ich öfter ein. Das liegt natürlich am miesen Programm. Aber beim Fußball passiert mir das auch.

Fast jede Woche ist ein Flyer unseres Bestattungsunternehmens im Briefkasten. Diese Prospekte sammle ich. Vielleicht brauche ich sie mal. Wenn ich alle diese Hinweise zusammenzähle komme ich zu einem Ergebnis. Ich werde nicht alt - ich bin alt.

Ich bin dick, na und?

Wenn ich durch die Stadt gehe höre ich manchmal Worte wie Fettarsch, Fettmops oder fette Sau. Wenn ich mich umsehe ist kein anderer Mann in der Nähe. Es gibt deshalb nur eine Erklärung - damit bin ich gemeint.

Gut, ich bin etwas korpulent, vielleicht sogar ein kleines bisschen dick, aber fett? Auf keinen Fall.

Weil mir inzwischen die Puste ausging blieb ich vor dem Kaufhof stehen und schaute ins Schaufenster. Der Kerl, der mir entgegensah war tatsächlich ziemlich dick. Plötzlich drängte sich ein alter Sack an mir vorbei und meinte: *Da kann man gar nichts sehen, mit ihrer Wampe versperren sie die ganz Sicht.*

Er hatte ja recht, aber so etwas sagt man einfach nicht. So bin ich erzogen worden. Die Alten von Heute sind teilweise schlimmer als die Jugend von Heute.

Die meisten Sprüche oder Beleidigungen kann ich nicht mehr hören. Deshalb habe ich immer Ohrhörer dabei und höre meine Lieblingsmusik. Dabei fallen mir junge Frauen auf, die ebenfalls Ohrhörer tragen. Dabei sind die gar nicht dick.

Manchmal werde ich von Bekannten angesprochen. Ich verstehe kein Wort, nicke aber mit dem Kopf und sage immer ja. Da kann ich nichts falsch machen. Meistens fragen sie sowie: *Wie geht es dir.* Die Antwort wollen sie aber gar nicht hören.

Ich ging weiter und wurde von zwei Teenagern überholt. Die beiden sahen mich an, kicherten und lachten dann laut. Bestimmt lachten die Beiden über mich. Ich rief ihnen zu: *Ja, ich bin dick und ihr seid hässlich. Ich kann abnehmen aber was macht ihr?* Die Beiden hatten plötzlich knallrote Köpfe.

Ich nahm mein schwarzes Notizbuch und schrieb die Beiden auf meine spezielle to-do-Liste. Da kommen alle drauf, die ich nicht leiden kann. Und das sind viele. Die meisten haben keine Ahnung davon, dass sie auf meiner Liste stehen. Aber wozu diese Liste? Nun, irgendwann laufe ich Amok, dann möchte ich sicher gehen, dass ich keinen übersehen habe.

Endlich erreichte ich mein Ziel, die Buchhandlung Thalia. Ich brauchte ein neues Fernsehheft. Da lagen auch schon die Stapel von verschiedenen Verlagen. Aber meines fand ich nicht darunter. So ein Mist.

Nachdem ich alle Stapel durchwühlt hatte, fand ich es doch noch. Kaum hatte ich es in der Hand, fiel auch schon der erste Werbeflyer heraus und landete auf dem Boden. Und danach noch einer. Ich ließ beide liegen und ging zur Kasse.

Ich kann diese Werbeflyer nicht leiden, die in den Illustrierten eingelegt sind. Auch die eingeklebten Kosmetikproben ärgern mich.

Wenn ich beim Arzt im Wartezimmer sitze, nehme ich immer alle Flyer aus den Zeitschriften und werfe sie zusammen mit den Kosmetikproben in den Papierkorb. Beim Zeitschriftenhändler traue ich mich noch nicht, da sind die Stapel einfach zu groß. Aber einmal möchte ich es doch versuchen.

Die alte Geldbörse

Meine alte Geldbörse löste sich so langsam auf. Ich hatte sie schon sehr lange. Als ich sie damals kaufte war Adenauer noch Kanzler. Nun war es Zeit für eine neue Börse. Ich entschied mich für Büffelleder, das würde mich überdauern. Aber was mache ich nun mit der alten Geldbörse? Einfach wegwerfen? Nein, dafür war sie noch zu gut.

Ich erinnerte mich an meine Jugendzeit. Damals waren viele Geldbeutel leer. Wir Kinder machten uns einen Spaß daraus, einen leeren Geldbeutel auf den Gehweg zu legen. An den Beutel hatten wir eine Schnur gebunden und wir versteckten uns im Gebüsch. Kam jemand vorbei und bückte sich nach der Geldbörse, zogen wir schnell an der Schnur und die Geldbörse flutschte aus seinen Fingern. Nicht jeder verstand Spaß und wir mussten manchmal wegrennen. Inzwischen sind wir aus dem Alter heraus und die heutige Jugend macht andere Scherze.

Ich saß mit meinen Kumpeln im Straßencafé und wir langweilten uns. Da hatte ich eine Idee. Ich ging ins nächste Kaufhaus und besorgte mir Kleber. Dann nahm ich meine alte Geldbörse und klebte sie vor dem Café auf den Gehweg. Ich nahm wieder Platz und erklärte meinen Kumpeln, was nun passiert.

Immer wenn sich jemand nach der Geldbörse bückte und dann mit rotem Kopf wieder hochkam, amüsierten wir uns köstlich. So hätte es stundenlang weitergehen können.

Plötzlich kam ein Obdachloser vorbei, bückte sich, öffnete die Geldbörse, nahm einen 100-Euro-Schein heraus und steckte ihn ein. Mein Gott, den hatte ich vergessen. Der Obdachlose ging fröhlich pfeifend davon und meine Kumpel amüsierten sich köstlich, diesmal aber über mich. Wie heißt es so schön: *Wer den Schaden hat, spottet jeder Beschreibung.*

Vom Waldlauf zum Jogging

Zwei Dinge mag der Jogger überhaupt nicht, Radfahrer und Hunde. Als ich selbst noch joggte, damals hieß es noch Waldlauf, begegnete mir im Wald höchstens mal ein Eichhörnchen oder eine streunende Katze. Radfahrer hatten den Wald noch nicht für sich entdeckt. Dafür tauchten aber bald schon die Hundebesitzer mit ihren Lieblingen auf.

Ich hatte durchaus Verständnis, dass sie ihre Hunde auch mal laufen lassen wollen. In der Stadt ging das nicht. Aber damals war ich der einzige Jogger und wenn einer mit dem Hund auftauchte, war der Hund auf mich fixiert.

Wenn sich mir ein Hund näherte, wusste ich nicht, will er nur spielen oder greift er mich an. Ich blieb also stehen. Irgendwann tauchte auch sein Herrchen auf mit dem Standard-Spruch: *Der dud nix.*

War der Hund klein oder mittelgroß, hatte ich keine Angst. Aber einmal kam mir auch ein Rottweiler entgegen. Vor dem hatte ich Respekt. Nun bekam ich schon etwas Angst und das war ein Fehler. Hunde können Angst riechen. Angst stinkt und den menschlichen Angstschweiß riechen die Hunde. Weglaufen wäre falsch gewesen, also blieb ich ruhig stehen. Der Rottweiler rannte auf mich zu (das Herz blieb mir stehen) und an mir vorbei. Er hatte ein Eichhörnchen entdeckt und verfolgte es. Das Eichhörnchen hatte mir das Leben gerettet.

Nach diesem Erlebnis habe ich nachgelesen, wie man sich verhalten soll. Ein Ratschlag war besonders blöd. Bei einem Angriff sollte man dem Hund etwas entgegenhalten, zum Beispiel eine Handtasche, damit er dort hineinbeißen kann. Welcher Jogger hat schon eine Handtasche dabei?

Auch wenn der Besitzer den Standardspruch sagt, kann ich nicht sicher sein, ob der Hund das auch verstanden hat.

Wedelt der Hund mit dem Schwanz (wenn er einen hat), dann ist er wohl nur neugierig. Aber darauf verlassen kann ich mich auch nicht.

Eines ist aber klar, ein Hund der beißen will, baut sich vor mir auf und zeigt seine Zähne. Er fixiert mich genau und knurrt. Zeigen seine Ohren nach vorne steht der Angriff unmittelbar bevor.

Ich bin weiter Joggen gegangen aber nun tauchten immer mehr Hundebesitzer auf. Es hatte sich wohl herumgesprochen, dass man im Wald den Hund frei laufen lassen konnte, auch wenn die Jäger anderer Meinung waren. Für mich wurde es immer lästiger, alle paar Minuten stehenzubleiben, nun suchte ich mir andere Laufwege. Aber ein Hundebesitzer hatte dieselbe Idee. Ich war unterwegs auf dem Philosophenpfad, da sah ich in 50 Metern Entfernung zwei große Hunde entgegenkommen. Ich konnte sie nicht genau erkennen, aber ich denke, beide waren Dobermänner. Die sind für mich die heimtückischsten von allen Hunden. Der Besitzer war weit und breit nicht zu sehen. Was sollte ich also tun? Weglaufen war keine gute Idee. Die beiden waren eindeutig schneller. Da sah ich vor mir einen Hochsitz von einem Jäger. Blitzschnell erklomm ich die Leiter und setzte mich oben hin. Nun konnte ich erstmal durchatmen. Die beiden Köter hatten inzwischen den Hochsitz erreicht und legten sich davor auf den Weg. Dabei schauten sie immer wieder zu mir herauf. Ihre verschlagenen Gesichter sehe ich noch heute vor mir. Ich richtete mich auf eine lange Nacht auf dem Hochsitz ein. Da kam endlich der Besitzer, durchschaute die Situation und leinte beide an. *Jetzt können sie herunterkommen*, sagte er zu mir herauf. *Danke,* meinte ich, *aber ich möchte noch eine Weile den Ausblick von hier oben genießen.* Endlich gingen die drei davon. Trotzdem wartete ich noch eine halbe Stunde, bis ich mich herunter wagte. Nach diesem Erlebnis hörte ich mit dem Waldlauf auf (nach 20 Jahren) und suchte mir eine andere Sportart.

Heute sind im Wald immer mehr Wanderer mit Nordic-Walking-Stöcken unterwegs. Die müssen bei Hunden vorsichtig sein. Manche Hunde haben schlechte Erfahrungen mit Stöcken gemacht und reagieren aggressiv. Andere sehen in den Stöcken ein Spielzeug und schnappen danach.

Auf jeden Fall gab es damals im Wald nur einen Joggertyp, das war ich. Die anderen bekam ich nie zu sehen. Die gingen auf den Waldsportpfad.

Kein Geld vom Finanzamt

Auch in diesem Jahr hatte ich meine Steuererklärung mal wieder zu spät abgegeben. Aber das machte ich mit Absicht. Die meisten geben ihre Steuererklärung schon im Januar ab und die Finanzbeamten sind überfordert.

Ich hatte mir angewöhnt, immer am Karfreitag die Steuererklärung auszufüllen. Das ist so ein beschissener Tag, da passt es dazu. Immerhin brauche ich dafür 3 bis 4 Stunden. Deshalb komme ich erst im April mit meinen Unterlagen zum Finanzamt. Dann geht es dort auch wieder normal zu.

Eigentlich könnte ich alles dem Steuerberater übergeben, aber dann kann ich auch die Rückzahlung gleich an ihn überweisen.

Leider kann ich wenig steuerlich geltend machen. Medikamente, die ich selber kaufe, die Zahnarztrechnung und die Versicherungen. Diesmal hatte ich jedoch eine Idee und zwar eine bahnbrechende. Wenn es klappt erwartete ich eine größere Rückzahlung.

Schon nach zwei Wochen kam so ein grauer Brief. Sie kennen ja diese Briefe. Die Umschläge sind mausgrau oder kackbraun, aus Recyclingpapier und meistens von Behörden. Es steht auch meistens nichts Gutes drin. Es gibt Leute, die öffnen solche Briefe schon gar nicht mehr sondern legen sie in irgendeine Schublade. Mein Brief kam natürlich vom Finanzamt und gespannt öffnete ich ihn. Vielleicht wollten sie meine Bankverbindung, damit sie mir das Geld überweisen können.

In dem Umschlag war aber nur ein Brief mit folgender Nachricht:

Sehr geehrter Steuerschuldner, wir bedauern ihr Missgeschick, ihren Lottoschein mit sechs Richtigen nicht rechtzeitig abgegeben zu haben. Doch berechtigt sie das keinesfalls, in ihrer Steuererklärung einen Verlust von 1 Million Euro anzuführen und eine entsprechend hohe Steuerrückerstattung zu verlangen.

Übrigens haben sie ihre Dividenden-Gutschriften aus ihrem Aktiendepot nicht angegeben. Dafür sind jedoch Kapitalertragssteuern fällig. Reichen sie die Angaben umgehend nach, wir teilen ihnen dann mit, wie viel Steuern sie nachzahlen müssen.

Na also, ich wusste doch, in einem grauen oder braunen Umschlag steckt nie etwas Gutes.

Ich bin kein Bankräuber

Das ganze war ein Versehen. Ich holte mir in meiner Bankfiliale aus der Box für Formulare einen Auszahlungsschein und ging damit zur Kasse. Während ich auf mein Geld wartete hörte ich plötzlich Polizeisirenen. Vor der Bank hielten vier Streifenwagen und die Polizisten stürmten herein. Ich dachte, was ist denn da los, ich war doch der einzige Kunde? Schon hatte ich Handschellen an. Auf dem Revier stellte sich das ganze dann als ein Versehen heraus.

Ein Witzbold hatte auf die Rückseite des Scheines geschrieben: *Dies ist ein Überfall, ich habe eine Bombe.* Ich hatte den Schein herausgenommen, ohne auf die Rückseite zu achten. So etwas passiert mir nicht mehr. Wollte ich wirklich die Bank überfallen, hätte ich es ganz anders angestellt. Wie, ist mein Geheimnis.

Der Spießer

Früher konnte man ihn leicht erkennen. Er trug karierte Pullunder und eine Aktentasche. Er hatte eine Glatze oder extrem kurze Haare. Und er trug einen Schnurrbart. Hatte er einen Hund dabei, war es ein Dackel.

Er benutzte noch Stofftaschentücher (gebügelt) und in der Küche die karierten Geschirrtücher. Auf der Fensterbank stand immer ein Fernglas.

Der Spießer hatte Null Toleranz und handelt nach dem Motto: *Das ist so, das war so und wird auch immer so bleiben.* Er war immer darauf bedacht nicht aufzufallen.

Neue Dinge lehnte er grundsätzlich ab mit den Worten: *Das haben wir immer so gemacht.* Er war geistlich unbeweglich und ließ keine andere Meinung gelten. Er hielt sich peinlich an die Vorschriften und blieb an jeder roten Ampel stehen.

Er schrieb auch gerne Falschparker auf und zeigte sie an. Dazu hatte er immer seine Kamera dabei um alles zu dokumentieren.

Er war Umweltschützer und achtete darauf, dass das Rauchverbot auch eingehalten wird. Er verfolgte Hundebesitzer und forderte sie auf, die Hinterlassenschaften ihres Vierbeiners mitzunehmen.

Am Gürtel trug er einen Schlüsselbund an einem Karabinerhaken. Daran waren mindestens 50 Schlüssel. Von den meisten wusste er nicht mehr, wofür sie sind.

Neulich ging ich durch die Innenstadt und blieb kurz stehen. Da stand er und schaute mich an. Der typische Spießer. Er hatte superkurze Haare, eine randlose Brille mit runden Gläsern und einen Schnauzbart. Allerdings trug er keinen Pullunder sondern eine Sportjacke. Er hatte auch keine Aktentasche sondern eine Umhängetasche aus Leder. Genau wie meine. Ich sah ihn genauer an. Er trug auch dieselbe Jacke wie ich. Ich machte einen Schritt zur Seite, er tat es mir nach. Ich trat wieder zurück, er tat es auch. Ich ging auf ihn zu, er kam mir entgegen. Dann knallte ich gegen etwas hartes und sah nur noch Sternchen. Als ich mich umsah, war der Spießer verschwunden. Ich ging um den großen Spiegel herum, auf den ich geknallt war und schaute nach allen Seiten. Der Spießer blieb verschwunden. Dann kam die Erkenntnis, ich hatte die ganze Zeit vor einem Spiegel gestanden. Der Spießer war ja ich. Nun, eigentlich sind Spießer ja ganz nette Leute.

Streuner

In südlichen Ländern sind streunende Katzen ein alltäglicher Anblick. Auch in Mallorca und Ibiza sah ich viele streunende Hunde und Katzen. Als ich mal wieder von einer Reise zurückkam, fiel mir auf, dass sich bei uns die Streuner stark vermehrt hatten. Besonders die Katzen. So lange war ich doch gar nicht weg?

Bisher sah man sie nur in der Nacht. Nun nahmen sie auch am Tag überhand. Als Radfahrer musste ich höllisch aufpassen, damit ich keine Katze überfuhr. In der Nacht sind sie sowieso alle unterwegs, aber da ist es mir egal, da fahre ich nicht. Aber manchmal geben sie ein lautes Konzert. Das hört sich dann schrecklich an.

Nun tauchte plötzlich ein schmuddeliger Fremder im Stadtteil auf und verteilte Handzettel. Er würde für jede eingefangene Katze 5 Euro bezahlen. Dafür bekam man fast eine Schachtel Zigaretten.

Leicht verdientes Geld, dachten einige und fingen die Katzen ein. Ob die Katzen für eine Tierversuchsanstalt waren, oder für einen Pelzhersteller, sagte der Fremde nicht. Vielleicht landeten sie auch im Kochtopf oder in der Lasagne? Seit neuestem gelten Katzen und Hunde ja wieder als Delikatessen. Bei 5 Euro pro Katze fragte aber keiner nach.

Schon am nächsten Tag sah ich keinen Streuner mehr auf den Straßen. Die angelieferten Katzen brachte der Aufkäufer in einem Schuppen unter.

Als die Katzen langsam knapp wurden verkündete der Fremde, dass er nun für jede Katze 10 Euro bezahlen würde. Nun legten die Leute sogar Köder aus und bauten Fallen. Einige klauten sogar Katzen aus den Nachbarorten. Bald fand man keine Katze mehr im Ort.

Nun meinte der Fremde: *Ich habe schon viele Katzen, aber noch nicht genug. Für jede weitere Katze zahle ich nun 15 Euro.* Jetzt mussten auch die Hauskatzen und Stubentiger dranglauben. Das kostete manche Tränen, aber die Leute waren in ihrer Geldgier nicht mehr zu bremsen. Als alle abgeliefert waren, war der Schuppen bald über-erfüllt. Nun sagte der Fremde: *Das sieht ja ganz gut aus, aber es sind immer noch zu wenig. Für jede weitere Katze zahle ich morgen 50 Euro. Ich kann aber Morgen nicht erscheinen, mein Assistent wird mich vertreten.*

Ich hatte mich beim Katzenfangen unge-schickt angestellt und hatte keine Katze. Deshalb konnte ich die Sache neutral betrachten und ich traute dem Kerl nicht. Der Assistent sprach wei-ter: *Ihr könnt aber jede Katze die bisher verkauft wurde für 20 Euro zurückkaufen. Morgen zahlt dann mein Chef für jede Katze 50 Euro.*

Ein gutes Geschäft, dachten die geldgierigen Leute und kauften alle Katzen zurück. Am nächs-ten Tag standen sie mit ihren Katzen ratlos vor dem alten Schuppen. Der Fremde kam nicht. Auch sein Assistent lies sich nicht blicken. Viel-leicht waren beide verhindert?

Nun kamen die Leute jeden Tag mit ihren Kat-zen zum Schuppen, aber die Aufkäufer kamen nicht wieder. So langsam dämmerte den Leuten, dass sie übers Ohr gehauen wurden. Nun hatten sie auch eine Vorstellung davon bekommen, wie der Aktienmarkt funktioniert. Aber wohin nun mit den Katzen?

Die Streuner wurden gleich wieder freigelas-sen. Einige Frauen nahmen aus Mitleid gleich mehrere Katzen auf. Eine hatte sogar nun 30 Katzen im Haus. Schon hatte sie ihren Spitznamen: *Katzenmutter*. Die Anzahl der Streuner hatte sich nun verdoppelt und ich musste beim Radfahren noch mehr aufpassen.

Die beiden Katzenhändler waren weitergezogen und versuchten in der nächsten Ortschaft erneut ihre Masche. Sicher hat sie auch dort funktioniert.

Ich möchte.....

Ich möchte einmal erleben, dass Schalke die Bayern mit 10:0 besiegt. Ob ich noch so lange lebe? Aber träumen darf ich davon.

Ich möchte einmal morgens auf die Waage stehen und sehen, dass ich 20 Kilo abgenommen habe.

Ich möchte einmal erleben, dass die Steuererklärung endlich abgeschafft wird. Jeder soll soviel zahlen, wie er kann, am Besten gar nichts.

Ich möchte einmal erleben, dass ein Vorstand der viele Millionen verzockt hat, auch in den Knast geht.

Ich möchte einmal erleben, dass zu wichtigen Entscheidungen eine Volksbefragung durchgeführt wird.

Ich möchte mal bei einer Demo mitlaufen, die für etwas ist und nicht gegen etwas.

Ich möchte einmal mit 10.000 Euro in der Tasche nachts durch die Bahnunterführung gehen, ohne dass ich einen Überfall befürchten muss.

Ich möchte einmal eine Spendensammlung organisieren, für einen guten Zweck - für mich.

Ich möchte einmal verhaftet werden. Das kann nach der Spendensammlung passieren.

Ich möchte einmal im Fernsehen als Experte auftreten. Ich esse gerne gerne Zitroneneis. Das reicht doch zu einem Experten für Polarforschung.

Ich möchte mal wieder eine Zigarette genüsslich rauchen. Ich bin seit 17 Jahren Nichtraucher.

Reisen und Essen
Die Reise nach Marokko

Vor einigen Jahren kam ich durch besondere Umstände zu einer Reise nach Marokko. Nun konnte ich mir schon schönere Reiseziele vorstellen, aber wenigstens war Marokko noch eines der sicheren Reiseländer. Vielleicht bald das Einzige in Afrika.

Nach der Ankunft am Flughafen und den üblichen Einreiseformalitäten, erwartete mich ein Bus mit dem Reisebegleiter Hassan. Den Namen konnte ich mir sogar merken.

Mein erstes Ziel war natürlich Casablanca. Ohne den gleichnamigen Film wüssten die meisten nicht, dass es diese Stadt überhaupt gibt.

Hassan führte mich durch überfüllte Souks, vorbei an Palästen und Moscheen. Kreuz und quer durch verwinkelte Gässchen und endlich standen wir vor Rick's Cafe American.

Davor waren zahlreiche Stände aufgebaut an denen nur Kitsch angeboten wurde. Jedes Stück hatte einen Bezug zum Film. Sogar falsche Malteser-Falken wurden verkauft (Made in China). Aus unzähligen Lautsprechern tönten die beiden Hauptmelodien aus dem Film: *Die Marsaillaise* und *Die Wacht am Rhein*. Dazu kam das Geschrei der Händler, die sich auch noch an Lautstärke überboten, wie im Film die deutschen und französischen Landser. Der Lärm war unbeschreiblich. Bevor ich einen Hörsturz hatte gingen wir zum Hotel.

Am nächsten Morgen erwartete mich - gleich nach dem Frühstück - Hassan. Mit einem alten klapprigen Bus fuhren wir nach Rabat. Von Rabat aus ging es weiter, entlang des Rif-Gebirges, zur Königsstadt Fes. Wir fuhren durch das große Tor in die größte Medina. Es ging durch ein Labyrinth von Straßen und Gässchen, vorbei an Händlern die ihre Waren auf dem Boden ausgebreitet hatten.

Wir hielten uns nicht lange auf und fuhren weiter nach Meknes. Bald erreichten wir Meknes mit dem Mausoleum des Sultan Moulay Ismail.

Auch hier im Basar herrschte ein unglaubliches Gedränge und furchtbarer Lärm.

Auf den Gassen sah man Schlangenbeschwörer, Gaukler, Tänzer, Geschichtenerzähler, Schuster, Zahnzieher, Hütchenspieler und Grimassenschneider.

Einer der Händler hielt mir plötzlich eine scharlachrot gestreifte Schlange vor das Gesicht. Diese züngelte und zischte fürchterlich. Zu Tode erschrocken fuhr ich zurück und stolperte über kleine Holzkäfige mit Skorpionen in allen Größen und Farben.

Verzweifelt suchte ich nach einem Ausgang aus diesem Chaos. Hassan erbarmte sich und zog mich in eine schmale, fast menschenleere Gasse. Diese führt durch das Judenviertel. Hier lebten kaum noch Menschen, deshalb kamen wir hier schnell vorwärts. Als ich den alten klapprigen Bus sah war das eine Erlösung. Nun ging die Reise weiter nach Marrakesch. Schon aus der Ferne sah ich das Minarett der Kutubiya-Moschee, das Wahrzeichen von Marrakesch. Auf dem berühmten Platz Djenna el-Fna sah ich wieder Schlangenbeschwörer, Akrobaten, Heiler und andere schillernde Gestalten.

Aus den großen Kesseln duftete es überall nach Kebab, aber wir hatten keine Zeit mehr. Wir fuhren weiter durch das Ourika-Tal. Dort stießen wir auf Nomaden. Sie hatten große Zelte aufgebaut und überall grasten Ziegen. Wir hatten nun die Gelegenheit, bei den Ziegenhirten einzukaufen.

Vor dem größten Zelt stand eine Frau mit einem schwarzen Kleid, das bis zu den Knöcheln reichte. Als ich näherkam sah ich, dass die Frau einen schwarzen Vollbart hatte. Das war keine Frau. Das war ein Mann und sogar der Stammesführer. Er hieß mich willkommen und bat mich in sein Zelt. Ich zögerte einzutreten, ich wollte nicht mit abgeschnittenen Ohren wieder rauskommen.

Der Stammesführer bemerkte mein Zögern und sprach: *Friede mit euch. Möge euer Schatten niemals kleiner werden.* Ich war immer noch unentschlossen. Darauf rief der Schwarzbärtige: *Habt keine Furcht, wer als Freund kommt hat unseren Schutz.* Das überzeugte mich und ich wollte schon eintreten, da kam ein Jüngling hinter dem Zelt hervor. Er fluchte arabisch und hob drohend ein Gewehr. Ich blieb stehen und sagte zum Stammesführer: *Jugend kennt nicht die Weisheit der Väter. Soll der Bartlose den Ruf deines Hauses beschmutzen?* Der Schwarzbärtige blickte wütend zum Jüngling, darauf senkte dieser das Gewehr.

Ich erinnerte mich an eine arabische Sitte: Schmeicheleien müssen wie Beleidigungen klingen und Beleidigungen wie Schmeicheleien. Nun wandte ich mich an den Stammesführer: *Es steht geschrieben, willst du etwas von einem Hund, so nenne ihn Herr.* Irgendwie hatte ich etwas falsches gesagt, denn nun waren beide wütend. Der Bärtige hatte plötzlich auch ein Gewehr in der Hand, wo er das wohl so schnell herbekommen hat?

Er richtete das Gewehr drohend auf mich und rief zornig: *Verschwinde Ungläubiger, du störst meine Ziegen.* Hassan erkannte die Gefahr und rief dem Bärtigen etwas unverständliches zu. Dann drängte er mich schnell in den Bus. Als wir nach Casablanca zurückfuhren war es bereits Abend.

Beim Haarschneider

Am nächsten Tag wollte ich Casablanca allein erkunden und verschwand schon vor dem Frühstück. Hassan verpasste mich knapp. Bevor ich meine Runde machte ging ich erst mal zum Friseur. Hier gab es keinen Salon. Im Freien stand ein Stuhl auf den ich mich setzte. Der Friseur spuckte auf seinen Rasierpinsel und begann, meinen Bart einzuseifen. Ich fragte: *Aber bei den Einheimischen machen sie das nicht so, oder?* Der Friseur lachte: *Nein, denen spucke ich gleich ins Gesicht.*

Der Maulesel

Nach der Rasur ging ich zum Markt. Unterwegs kam mir ein alter marokkanischer Bauer entgegen. Er führte am Strick einen Maulesel. Ich sagte scherzhaft: *Ist das die beliebteste Marokkanische Automarke, der Esel?* Der Bauer hatte mich wohl falsch verstanden. Es gab ein furchtbares Geschrei und die Polzei war auch gleich zur Stelle.

Offensichtlich hatte ich den Maulesel beleidigt und sollte mich bei ihm öffentlich entschuldigen. Erst nachdem ich das getan hatte durfte ich weiter. So etwas, ich habe mich bei einem Esel entschuldigt.

Die Bar

Inzwischen hatte ich mächtig Durst bekommen und sah mich um. Da entdeckte ich eine kleine Bar. Der Name war marokkanisch, aber das war mir egal. Vorsichtig trat ich durch die Tür in das Halbdunkel. Man weiß ja nie, welche Gestalten sich darin aufhalten.

Der marokkanische Barkeeper, der gerade Gläser spülte, erstarrte mitten in der Bewegung, als er mich sah. Arabisch konnte ich nicht, also versuchte ich es mit ein paar französischen Worten: *Ein kühlendes Getränk, um echtes marokkanisches Getränk zu kosten.* Dann setzte ich mich an die Bar. *Keine Freude an meinen armseligen*

Getränken, murmelte der Barkeeper auf französisch, *Schmerzen im Bauch bekommen, Bedauern
ausdrücken. Nicht zu sorgen,* erwiderte ich, *ein-
schenken und mich entscheiden lassen. Um verhaftet zu werden von Polizei wegen Vergiftung
von Ausländern,* antwortete der Barkeeper.

Er sah sich hilfesuchend um, aber die anderen
Gäste schlichen sich bereits hinaus. *Um nachzu-
helfen,* sagte ich und legte einen großen Schein
Dirham auf den Tresen, *um deine Hände zu be-
wegen.*

Um einen Käfig zu holen, rief eine Stimme
laut aus dem Halbdunkel, *um hässliche Missgeburt auszustellen.* Ich wandte mich um. Ein fetter
Marokkaner starrte mich an. Er war stark betrun-
ken. Der Barkeeper wandte sich an den Fetten:
*Klappe halten, dreckiger Ziegenhirte. Dein eige-
nes Gift schlucken, Gläserspüler,* zischte der Be-
trunkene. Dann kam er wankend auf mich zu und
lallte: *Einen großen Käfig finden für den Ungläu-
bigen, um Missgeburt auf dem Maktplatz auszustellen.*

Bevor die Lage eskalierte und völlig außer
Kontrolle geriet, zischte der Barkeeper etwas zu
seinen Helfern. Die fassten den Betrunkenen an
den Armen und schleiften ihn zur Tür. *Einen Käfig holen,* schrie dieser, *um Tier auszustellen.*

Nun wandte sich der Barkeeper an mich:
Schnell fortgehen, Ungläubiger. Seine Helfer

nahmen nun auch drohende Haltung an. *Freunde sein,* sagte ich, *freundlich sein zu dummem Ausländer. Schnell fortgehen,* wiederholte der Barkeeper, *gehen bevor ich stinkenden Ausländer trete. Ein Glas Wein zusammen trinken,* rief ich. Der Kerl kam drohend heran. *Hände reichen, Freunde sein,* rief ich. Der riesige Kerl griff nach mir. In diesem Moment stürmten marokkanische Polizisten in die Bar und prügelten sofort mit ihren Schlagstöcken auf den Barkeeper ein.

Ihnen folgte Hassan, der mich endlich gefunden hatte. Er griff nach meiner Hand und zog mich hinaus. *Der Tor braucht einen Keulenschlag, dem Weisen genügt ein Wink,* zitierte ich ein arabisches Sprichwort und suchte das Weite. Und ich hatte immer noch nichts zu Trinken bekommen.

Im Basar

Nach der peinlichen Auseinandersetzung in der Bar war mein Durst noch größer geworden. Als ich ins Freie stolperte entdeckte ich den Basar. Dort gab es bestimmt Tee zu trinken. Ich hatte mich nicht getäuscht, an jedem Stand gab es außer Speisen auch heißen Tee. Ich brauchte aber etwas Kühles. Da entdeckte ich einen Händler der Eiswasser anbot. An seinem Stand hatte er einen großen Behälter mit Wasser, darin schwammen Eiswürfel und Zitronenscheiben. Nachdem ich drei Gläser getrunken hatte ging es mir besser. Es kostete mich zwar ein Vermögen, aber das war mir egal.

Nun konnte ich mich auch näher mit den Speisen befassen. In einem Kessel kochte dampfend Reis, dazu gab es Innereien von Oktopussen und ihre Tentakel. Das war nichts für mich. Ich ging weiter und sah mir die nächsten Stände an. Auf dem Boden waren frische Früchte und Gemüse ausgebreitet. Daneben waren flachgeklopfte, getrocknete Frösche, in Bündel gepresst, aufgestapelt.

An unzähligen Buden wurden Waren angeboten. Da gab es wunderbare Dolche, besetzt mit falschen Edelsteinen. Echte antike Tonwaren. Stücke von Meteoriten. Und jede Menge Schatzkarten. Eine schöner und älter als die andere. Natürlich waren das Fälschungen. Auch die angebotenen unzähligen Meteore (Wüstenfunde) waren Fälschungen. Sicher sind schon einige Meteore in die Wüste gestürzt, aber von einem Meteorregen wurde nicht berichtet. Außerdem ist die Ausfuhr von echten Meteoren streng verboten.

An einem Stand blieb ich stehen und bewunderte eine besondere exotische Frucht. Die Frucht war grün, mit Dornen auf der Außenseite und groß wie ein Kohlkopf. Eine war aufgeschnitten und ich sah das cremige Fruchtfleisch. Der Händler bot mir ein Stück von der Zybeth zum probieren an. Von dieser Frucht hatte ich noch nie gehört. Auch der Name Zybeth war mir unbekannt, aber der Geschmack war kolossal. Die Zybeth roch nach Knoblauch, faulendem Käse und Kamelpisse. Der Händler meinte stolz: *Ein unvergleichliches Erlebnis.* Er hatte recht und ich fragte mich, ob der eklige Geschmack wieder aus meinem Mund verschwand, bis ich im Hotel war.

Der stumme Papagei

Unterwegs kam ich an einem Stand vorbei, an dem ein Händler Papageien anbot. Ich wollte schon immer einen Papagei haben, aber in Deutschland waren die einfach zu teuer. Ein großer Vogel erregte meine Aufmerksamkeit. Der Händler bemerkte mein Interesse und meinte: *Den müssen sie unbedingt haben. Er redet wie ein Buch.* Wir feilschten eine Stunde lang um den Preis. Während dieser Zeit, fiel mir auf, hatte der Vogel kein einziges Wort gesprochen. Ich machte den Händler darauf aufmerksam. Der war nicht auf den Kopf gefallen und meinte: *Der Vogel ist im Moment sprachlos, weil ich ihn so günstig anbiete. Praktisch verschenke ich ihn.* Ich ging weiter, ohne Papagei.

Der alte Esel

Unterwegs sah ich einen Bauern mit einem alten Esel. Der Esel war bockig und wollte einfach nicht weiter. Das Problem kannte ich. Wenn sich ein Esel mit allen vier Beinen dagegen stemmt hat man keine Chance. Aber ich wusste die Lösung. Ich ging zu dem Bauern und sagte: *Streu ihm Paprika unter den Schwanz, das hilft.* Der Bauer befolgte meinen Rat und den Esel sah er nie wieder. Mich auch nicht, ich hatte mich davongeschlichen, als der Esel losrannte.

Bei den Beduinen

Inzwischen hatte ich den Stadtrand erreicht. Vor der Stadt standen einige Beduinenzelte. Ich wollte testen, ob die Beduinen wirklich so gastfreundlich sind, wie man erzählt.

Ich betrat das größte Zelt und bat um einen Becher Wasser. Darauf reichte mir der Patriarch einen großen Topf mit frischer Milch. Erstaunt sagte ich: *Ihr Beduinen seid tatsächlich wunderbare und großzügige Menschen. Ach was,* sagte der Patriarch, *die Milch wollte ich sowieso wegschütten, weil darin eine Ratte ertrunken ist.* Angewidert ließ ich den Topf fallen, der daraufhin auf dem harten Boden zerschellte. Da wurde der Alte zornig und rief wütend: *Das ist also der Dank für die Gastfreundschaft. Nun ist das*

Nachtgeschirr meiner Lieblingsfrau kaputt. Ich hatte es plötzlich eilig, das Zelt zu verlassen.

Der Bauer

Ganz in der Nähe hatte ein Verwandter von Hassan ein kleines Stück karges Land, das er bewirtschaftete. Das wollte ich mir ansehen.

Der Bauer führte mich in seinen Stall und zeigte voller Stolz seine Schweine. *Bei uns in Deutschland sind die Schweine doppelt so groß und dreimal so schwer,* sagte ich. Der Bauer hatte mich wohl verstanden und war sichtlich verärgert. Er führte mich zu den Rindern. *Unsere Rinder sind viel größer,* sagte ich. Jetzt war der Bauer, der wieder verstanden hatte, ziemlich wütend. Plötzlich sah er auf seiner kargen Wiese einen Esel stehen, der an dem spärlichen Gras herum knabberte. Er hob einen Stock auf und drohte dem Esel: *Verdammte Karnickel, fressen mir das ganze Gras weg.*

Im Hintergrund sah ich die Lagerfeuer der Beduinen brennen. Der Wind zog in meine Richtung und es stank abscheulich. Die Lagerfeuer wurden wohl mit getrocknetem Kamel- oder Büffeldung gespeist. Der Bauer hob wütend den Stock und rief: *Diese elenden Kameltreiber sitzen mit ihren bösartigen Hunden am Lagerfeuer und verpesten meine gute Luft.* Eines war klar – Nomaden konnte der nicht leiden.

Die Oase

Ganz in der Nähe der Stadt waren Oasen. Ich schloss mich einer Reisegruppe an, die dahin unterwegs war.

In den Oasen lebten Beduinen (Nomaden), die Schafe, Ziegen und Kamele züchteten. Wir hielten bei einem Nomaden, der eine Ziege am Strick führte. Ich fragte ihn: *Seit wann gehst du denn mit einem Esel spazieren?* Der Beduine antwortete verärgert: *Das ist doch kein Esel. Das ist eine Ziege.* Darauf sagte ich: *Mit dir habe ich doch garnicht gesprochen.*

Der Beduine fing laut an zu schimpfen. Von seinem Dialekt verstand ich kein Wort. Deshalb fragte ich den einheimischen Führer: *Was hat er denn gesagt?* Der Führer: *Soll ich die Flüche weglassen? Ja, natürlich,* meinte ich. Darauf der Führer: *Kein Wort.*

Durch das Ourika-Tal fuhren wir nun zurück nach Essaouria und von dort auf direktem Weg nach Casablanca.

Katzenfutter

Leider kamen wir spät im Hotel an und es gab nichts mehr zum Abendessen. Na ja, ich hatte sowieso keinen Hunger. In der Nacht bekam ich aber plötzlich einen Riesenkohldampf und schlich mich in die Hotelküche. Natürlich war alles Essbare weggeräumt, aber in einem Kühlschrank fand ich noch eine Pastete, die ich in 30 Sekunden hinunterschlang. Am nächsten Morgen wurde ich zufällig Zeuge eines Gesprächs zwischen dem Chefkoch und seinem Personal. Der Chefkoch wollte wissen, wo das Katzenfutter geblieben war. Für diesen Tag war mir nun der Appetit vergangen.

Fliegenfänger

Drei Orte sollte man im Leben einmal besucht haben. Die Große Mauer in China, die Golden Gate Bridge in San Fanzisco und San Nazzaro Sesia. Warum San Nazzaro Sesia? Dort wird seit 2004 die Mückenfang-Meisterschaft ausgetragen.

Ich war schon oft in Italien. Am Gardasee, in Rom, Verona, Jessolo, Riccione, Bibione, Calzone und Sizilien. Aber dieses Reiseziel war mir völlig unbekannt - San Nazzaro Sesia.

Die meisten Deutschen waren schon in Santo Domingo auf der Insel Hispanola, oder in Thailand, in Peking, am Mount Everest, auf Gran Canaria und auf Malle (Mallorca). Aber wer war schon mal in San Nazzaro Sesia?

Da ich schon als Junge ein guter Mückenfänger war rechnete ich mir Chancen auf den ersten Platz aus. Also fuhr ich dort hin

Die Männer der Stadt treten gegeneinander an. Wer es schafft, innerhalb 10 Minuten die meisten der lästigen Mücken mit der bloßen Hand oder eigens patentierter Fliegenklatsche zu erlegen, ist Sieger.

Danach werden die Mücken in sogenannte Zanzarbare (Mücken-Särge) gelegt. Nach der offiziellen Zählung gibt es sogar eine Beerdigungszeremonie. Diese Meisterschaft ist nicht nur eine Attraktion für Touristen, sie hat auch einen realen Hintergrund. In der Nähe von Novara gibt es viele Reisfelder. Diese werden alljährlich von einer lästigen Mücken-Invasion heimgesucht.

Der Sieger bekommt pro gekillter Mücke 10 Euro und einen Esel. Der zweite bekommt ein Schwein und der dritte eine Gans. Ich wurde übrigens Letzter, aber den Esel hätte ich schon gerne gehabt.

Die Kutschfahrt

Vor einigen Jahren war ich in Füssen. Ich wollte die Schlösser Hohenschwangau und Neuschwanstein besichtigen. Der Aufstieg zu Hohenschwangau ging noch ganz gut. Zum Märchenschloss Neuschwanstein dagegen führte eine steile Straße hinauf. Das war mir zu anstrengend.

Unten an der Straße standen jedoch Pferdekutschen, die von zwei kräftigen Pferden gezogen wurden. Diese fuhren regelmäßig hinauf zum Schloss. Ich ging zum Kutscher und fragte: *Was kostet eine Fahrt hinauf zum Schloss?* Der Kutscher: *Kommt darauf an, ob sie 1. oder 2. oder 3. Klasse fahren. Aber in der Kutsche ist doch nur ein Raum? Wo ist denn da der Unterschied?* fragte ich. Der Kutscher: *Wenn wir am Berg sind, werden sie den Unterschied schon sehen. 1. Klasse bleibt sitzen, 2. Klasse geht nebenher. Und die 3. Klasse*, fragte Ich? *Die muss schieben,* sagte der Kutscher. Wahrscheinlich standen da oben Japaner und Chinesen Schlange und ich musste Stunden warten. Ich verzichtete auf die Kutschfahrt.

Reisekataloge

Bevor ich eine Reise unternehme, studiere ich immer genau die Reisekataloge. Dabei gibt es zwischen den Abbildungen und Beschreibungen große Unterschiede zur Wirklichkeit. Dies bemerke ich aber erst, wenn ich im Hotel angekommen bin. Inzwischen kenne ich auch die ganzen Floskeln, die Veranstalter gerne verwenden. Es ist wie bei den Immobilien, man muss die Begriffe richtig deuten.

Ich habe schon manchen Reisekatalog studiert und bin immer wieder begeistert über die tollen Bilder. Der Himmel ist immer blau und wolkenlos, der Strand breit und sauber und das Hotel steht in einer malerischen Landschaft. Diese Fotos versprechen einen Traumurlaub, aber vor Ort sieht alles anders aus.

Heute kann sogar der Laie am Computer die Fotos bearbeiten und erstaunliche Ergebnisse erzielen. Die Katalogmacher sind da wahre Experten und können uns traumhafte Landschaften herbeizaubern. Früher mussten sie für Fotos immer auf schönes Wetter warten. Das ist heute nicht mehr nötig. Heute machen sie sich den blauen Himmel und das blaue Meer selbst am Computer.

Wenn ich im Katalog blättere fallen mir sofort die riesigen Poollandschaften des Hotels auf. Wenn ich dann anreise, ist dieser tolle Pool noch gar nicht gebaut. An seiner Stelle ist eine Großbaustelle mit viel Lärm, Dreck und Staub und überall ist abgesperrt.

Auch über die Außenbereiche, die im Katalog so toll aussahen, bin ich geschockt. Statt Grün und farbenfrohe Blumen sehe ich kaputte Wege und verdorrte Pflanzen.

Auch bei den Zimmern wird im Katalog gemogelt. Was großzügig und weitläufig angepriesen wird ist etwas größer als eine Besenkammer. Der abgebildete Balkon fehlt völlig.

Das blaue Meer und der weite Strand, damit werben alle in ihren Katalogen. Vor Ort ist das ganz anders. Manche Hotels haben nur winzige Strände, die eher einer Müllkippe gleichen. Das dicke Rohr, mit dem die Abwässer ins Meer geleitet werden, ist direkt vor der Nase. Auf den

Bildern im Katalog ist es auf wundersame Weise verschwunden.

Das sind aber nur meine ersten optischen Eindrücke. Ich habe die Floskeln im Katalog mit der Wirklichkeit verglichen und war schockiert. Genauso wie bei den Immobilienmaklern gibt es hier Begriffe, die man erst mal verstehen muss. Am Besten noch vor der Reise. Hier sind die häufigsten Begriffe.

Das Hotel liegt direkt am Meer. Dahinter kann sich eine Überraschung verbergen. Das Hotel kann auch an einer Steilküste stehen, von der man nicht direkt zum Meer gehen kann. Oder es ist am Hafen.

Naturbelassener Strand. Das klingt schon mal gut, ist aber nur eine Umschreibung für einen ungepflegten Strand. Wenn man Pech hat ist der Strand zugemüllt und liegt im Abwasserbereich. Und es gibt keine Toiletten.

Das Hotel hat Meerseite. Das garantiert aber keinen Blick aufs Meer. Vermutlich ist die Sicht durch andere Hotels versperrt.

Seitlicher Meerblick. Hier muss man sich schon verrenken, um von der Balkonecke aus etwas Wasser zu sehen.

Panoramablick. Da lacht das Herz und die Kamera. Das Panorama ist wirklich toll und das Meer einen Kilometer entfernt.

Zimmer zur Meerseite. Das mag ja stimmen, aber das Fenster zeigt nicht aufs Meer.

Ist das Hotel *Strandnah* gilt das für eine Strecke bis zu zwei Kilometern.

Manche Hotels werben mit *beheizbarer Swimmingpool.* Ob er dann auch wirklich beheizt wird, merkt man erst vor Ort.

Dasselbe gilt auch für *klimatisierbare Zimmer.* Das ist keine Garantie, dass die Klimaanlage auch aktiviert wird. Man sollte darauf achten, ob es heißt *klimatisierbare Zimmer* oder *klimatisierte Zimmer.* Der Unterschied ist gewaltig.

Vom Fitnessraum sollte man auch nicht allzuviel erwarten. In manchen Hotels ist da nur ein Springseil und ein Hula-Hoop-Reifen.

Heißt es *Sportmöglichkeiten vorhanden,* kann man nur gegen Bezahlung am Sport teilnehmen. Wichtig ist der Hinweis: *Sportmöglichkeiten im Preis inbegriffen.*

Vorsicht, wenn es *helle und freundliche Zimmer* heißt. Natürlich schreibt keiner dunkle und unfreundliche Zimmer. Ein fast leeres Zimmer ist meistens auch hell. Ist das Zimmer *zweckmäßig* eingerichtet bedeutet das, im Knast hat man mehr Luxus.

Internationale Atmosphäre wird geboten. Allerdings in Form von trinkfesten Touristen aus aller Welt die sich lautstark amüsieren. Man muss sich nicht wundern, wenn es nachts um 3 Uhr tönt: *Warum ist's am Rhein so schön.*

Oft wird ein *Kontinentales Frühstück* angeboten. Das hört sich doch gut an, ist aber nur Brot mit Butter und Marmelade und Kaffee oder Tee. Bei dem Hinweis *Verstärktes Frühstück* gibt's aber auch Käse, Wurst und Ei dazu.

Örtliche Reiseleitung. Hier kommt es zu Sprachproblemen, da die Reiseleitung nicht vom Veranstalter ist.

Leihwagen wird empfohlen. Ohne Auto geht hier gar nichts.

Zentral gelegenes Hotel. Das Hotel liegt direkt an einer Hauptverkehrsstraße.

Neu eröffnetes Hotel. Das Hotel ist eine Baustelle und der Service funktioniert noch nicht.

Familiäre Atmosphäre. Wer viele Kinder mag, kann sich hier wohlfühlen.

Badeschuhe nicht vergessen. Der Strand ist steinig und scharfkantige Korallenreste und Seeigel sind nichts für Kinder.

Kurze Transferzeit oder Flughafennähe. Wer will das nicht. Ich habe es in Palma auf Mallorca erlebt. Das Hotel lag direkt am Flughafen. Alle 5 Minuten startete oder landete eine Maschine.

Nur fünf Minuten bis zum Strand. Sind damit Fußweg oder Busfahrzeit gemeint?

Von Junggesellen bevorzugt. Vorsicht, Prostituierte im Hotel oder in der Nähe.

Wenn man all diese Floskeln aus dem Katalog streicht und es bleibt noch etwas übrig, dann kann man beruhigt buchen.

Himmel und Erde und saure Kutteln

Ich fand manche Speisen im Ausland ekelhaft. Aber was empfinden diese Leute, wenn sie zu uns kommen und ihnen deutsches Essen vorgesetzt wird?

Chinesen und Japaner essen zum Beispiel keinen Käse. Für sie ist das vergammelte Milch. Sehen sie einen Deutschen Käse essen, wird ihnen schlecht und sie müssen sich übergeben.

Auch Hausschlachtungen finden viele eklig. Die Blutwurst kommt in einen Darm und die Leberwurst in die Harnröhre. Auch wenn alles vorher gründlich gereinigt wurde reicht schon die bildliche Vorstellung und dem Exoten wird schlecht.

Der Thailänder findet es eklig, wie wir die Nudeln essen. Zum Beispiel Spaghetti mit Tomatensoße. Der Thailänder isst auch Nudeln, aber mit Suppe und gezuckert.

Und wer einmal das Gericht Himmel und Erde versucht hat, versteht nicht, warum der Mampf so heißt. Apfelmus und Kartoffelbrei mit eingemengten Rosinen Da schüttelt sich selbst der Chinese.

Laden sie mal ihren japanischen Freund zu Sauren Kutteln ein und er war die längste Zeit ihr Freund.

Ich war auch auch schon beim Chinesen zum essen. Aber dort bestelle ich grundsätzlich kein Gericht mit Fleisch. Ich hatte keine Lust auf Hund, Katze, Affe oder Schlange. Vielleicht versuche ich doch einmal Fastfood.

Fastfood

Ich habe schon sonderbare Speisen probiert. Schnecken, Froschschenkel und Nutria. Trotzdem gibt es Speisen die ich ablehne. Dazu gehören Döner, Hamburger und Hotdogs.

Nun wollte ich endlich auch mal Fastfood probieren. Ich war noch nie in einem Fastfood-Restaurant. Vor einigen Tagen hatte ich eine Wette verloren und musste einen Bekannten zum Essen einladen. Das war die Gelegenheit.

Die Wahl des Restaurants blieb bei mir. Mein Bekannter verließ sich aber darauf, dass ich schon das richtige Restaurant aussuchen würde. Ich enttäuschte ihn nicht.

Das Restaurant war in der Fußgängerzone und es gab auch ein paar Tischchen im Freien. Nachdem sich mein Gast von seinem Schock erholt hatte meinte er: *Lass uns doch im Freien sitzen, es ist sehr warm. Das geht nicht*, meinte ich,

die Tische und Stühle sind voller Taubenscheiße.
Also gingen wir hinein.

Drinnen waren nur Tische zum Stehen. Sie sahen aus, wie diese neuen Beratungspilze in den Banken. Die Tischplatten hatten ein geschmackvolles Schwartenmagenmuster. So konnte man die Flecken und Speisereste der letzten Woche nicht erkennen.

Ein kleiner Mann in einem bescheuerten Anzug und mit einer lächerlichen Mütze kam an den Tisch um die Bestellung aufzunehmen. Meine Bitte um ein Glas Wasser löste bei ihm einen Lachkrampf aus, von dem er sich nicht mehr erholte. Da kam auch schon der Ersatzkellner. Der sah noch bescheuerter aus.

Ich bestellte das Festtagsmenue für zwei Personen und nach wenigen Minuten wurde es auch schon serviert. Das ging wirklich schnell. Tapfer kämpften wir uns durch den Matsch aus Fleischresten, Ketchup und Mayo. Die Styroporschachtel, in der das Menue verstaut war, schmeckte besser als der ganze Mampf.

Nun wollte ich mich doch beim Geschäftsführer beschweren und rief den Kellner. Der meinte: *Ich rufe sofort den Manager.*

Aha, das ist typisch amerikanisch, da ist jeder ein Manager, auch wenn er den Boden aufwischt. Der Manager kam an den Tisch und fragte nach den Beschwerden. Ich sagte: *Die Portionen sind* viel zu klein und im Getränkebecher sieht man vor lauter Eiswürfeln kein Getränk mehr. Der Manager: *Ich kümmere mich persönlich um ihre Beschwerde, dann ging er nach Hinten in sein Büro.* Mein Gast hatte alles seelenruhig mit angehört und meinte: *Der kommt nicht wieder. Aber beim nächsten Mal suche ich das Restaurant aus.* Ich musste zugeben, er hatte recht. Der Manager kam nicht wieder. Aber ein nächstes Mal wird es auch nicht geben.

Sushi to go

Im Fernsehen sah ich eine Dokumentation über die Herstellung der japanischen Speise Sushi. Es wurden auch Sushi-Bars vorgestellt.

Der Japaner ernährt sich vorwiegend von Reis und rohem Fisch. Für ihn ist also Sushi nichts Besonderes. Für einen Europäer aber schon.

Sushi gehört zu den Klassikern der japanischen Küche. Aber Sushi in Asien ist nicht gleich Sushi in Deutschland. Das sollte ich bald herausfinden.

Da es in der Stadt noch keine Sushi-Bar gibt ging ich zuerst zur Nordsee. Wenn jemand rohen Fisch anbietet, dann die Nordsee-Filiale am Leopoldplatz. Und ich wurde fündig. In der Auslage sah ich kleine Boxen, gefüllt mit Sushi. Allerdings waren die mit 5,99 Euro recht teuer und ich verzichtete.

Dann kaufte ich bei ALDI ein und sah in der Kühlbox einige kleine Schalen mit Sushi. In der Schale waren 5 Maki-Sushi und 2 Nigiri-Sushi. Dazu der übliche Plastik-Fisch, Soja-Soße und eingelegter Ingwer.

Maki-Sushi sind Reiswürfel mit Meeresfrüchten, Ei und Gemüse, eingewickelt in ein Algenblatt. Hier fehlten Ei und Meeresfrüchte.

Nigiri-Sushi wird mit Butterfisch, Thunfisch, Lachs, Garnele oder Tintenfisch belegt. Hier ist das Algenblatt überflüssig. Auf meiner Nigiri-Sushi war eine Garnele und ein Stückchen Lachs.

Der Preis 2,99 Euro war in Ordnung. Bei der Nordsee hätte ich das doppelte bezahlt.

Nun konnte ich Sushi endlich mal probieren. Frisch war es, kein Zweifel. Aber der Reis war ein fester, zäher Klumpen. Und es war auch kein roher Fisch dabei, sondern Räucherlachs, Garnelen und Thunfisch aus der Dose.

Gut, man konnte es essen, aber begeistert war ich nicht. Inzwischen hatte auch Penny Sushi-to-go im Kühlregal. Das waren dieselben Boxen und derselbe Preis.

Nun schaute ich mir nochmal die Nordsee-Sushi an, da war tatsächlich roher Fisch mit verarbeitet. Deshalb waren die auch teurer.

Mir schmeckte die Sushi also nicht. Vielleicht musste ich mich erst daran gewöhnen. Deshalb sind die Japaner auch so schlank. Von diesem Zeug kann man nicht zuviel essen.

Ich hatte auch schon Schnecken und Froschschenkel gegessen, konnte mich auch dafür nicht begeistern. Also Schnecken, Froschschenkel und Sushi habe ich von meinem Speiseplan gestrichen. Gegen einen guten schwäbischen Rostbraten gibt es aber nichts auszusetzen.

Das sollte man im Ausland nicht tun

Die Welt ist klein geworden. Heute reist man in Länder, von denen man früher noch nicht einmal gehört hatte. Aber überall gibt es Regeln, die man beachten sollte.

Bestimmte Dinge sollte man im Ausland grundsätzlich unterlassen. Zum Beispiel sollte man sich nicht wie die Einheimischen kleiden.

In Indien trägt man traditionell einen Sarong oder Sari. Wenn nun ein Tourist mit einem Sarong herumläuft sieht das einfach bescheuert aus. Inzwischen tragen immer mehr Einheimische Jeans und T-Shirt.

Dies gilt auch für die Dishdasha, das lange weiße Kleid, in den arabischen Ländern. Oder für die Djellabah, einfarbig oder gestreift mit angenähter Kapuze, die man im Maghreb, besonders in Marokko, trägt. In Ägypten ist es die Galabija, ohne Kapuze.

In diesen Klamotten sieht der Europäer einfach bescheuert aus. Also verzichten wir darauf.

Zu uns kommen auch Einwanderer aus solchen Ländern. Tragen sie Sarong, Djellabah oder Dishdasha? Nein, sie tragen T-Shirts, Jeans und Markenturnschuhe, dazu US-Baseballcaps.

Auf keinen Fall alte Socken mit auf die Reise nehmen. In vielen exotischen Ländern muss man öfter die Schuhe ausziehen. Löcher in den Socken machen deshalb keinen guten Eindruck.

In vielen afrikanischen Ländern wird noch mit den Fingern gegessen. Das gibt es bei uns natürlich auch, aber die Afrikaner können das, die Europäer nicht. Deshalb lassen sie es bleiben. Versuchen sie zu Hause einmal einen Klacks Fufu, zusammen mit Hühnchen und Tomatensoße mit einer Hand zu rollen und zum Mund zu führen, ohne dass ihnen die Soße in den Ärmel läuft. Was ist Fufu? Das ist Yamsbrei der wie ein festes Kartoffelpüree aussieht.

Es gibt Länder, in denen Kopfschütteln ja bedeutet und Kopfnicken einfach nein. Eines davon ist Indien. Wenn sie dort auf dem Markt sind und etwas kaufen wollen, müssen sie daran denken. Sonst bezahlen sie immer mehr, solange der Händler den Kopf schüttelt. Dabei ist er längst mit ihrem Preis einverstanden.

Besonders in Thailand ist die Kleidung des Touristen wichtig. Bei Ausländern unterstellt der

Thai einen hohen sozialen Rang. Erstens ist dieser Gast und zweitens muss er eine Menge Geld besitzen. Kleidet sich ein Ausländer schmuddelig, was in Thailand nur arme Leute tun, wird er in die unterste soziale Schicht eingeordnet. Er gehört also zur Unterschicht. Frauen, die ziemlich freizügig gekleidet sind werden für Prostituierte gehalten. Das alles verwirrt den Thai sehr. Touristen sollten sich deshalb in Thailand sauber und ordentlich kleiden und auf ein gepflegtes Äußeres achten. Auch wenn es dem Deutschen schwer fällt, die alte Schlabber-Trainingshose zu Hause zu lassen.

Seltsame Regeln

In Deutschland ist das einfach. Hier ist alles verboten, was nicht ausdrücklich erlaubt ist. Aber in anderen Ländern gibt es schon einige Besonderheiten. Manche Regeln erscheinen uns seltsam, aber man sollte sie trotzdem kennen und beachten.

In Dänemark muss man in Restaurants nur dann zahlen, wenn man wirklich satt ist. Wahrscheinlich tischen sie so viel auf, dass sie nicht in Verlegenheit kommen. Das könnte man auch bei uns einführen.

Ganz anders ist es in Japan. Dort ist es verboten, dick zu sein. Die Regierung gibt vor, dass die Taille von Männern von 40 bis 80 cm Umfang haben darf (Gilt nur für Japaner). Ich selbst komme auf 110, deshalb reise ich auch nicht nach Japan. Übrigens Sumo-Ringer sind von dieser Regelung ausgeschlossen.

Weiter südlich in Singapur kann man sich sogar auf der Toilette strafbar machen. Singapur ist das sauberste Land der Welt und in der Hygiene sehr streng. Wer vergisst, die Toilettenspülung zu betätigen, macht sich strafbar und muss 500 Euro berappen. Wer nun denkt, das kontrolliert doch keiner, der irrt sich. Die Polizei kontrolliert regelmäßig öffentliche Toiletten.

Viele Männer reisen jedes Jahr nach Thailand (wegen der Tempel). Hier ist eines der schwersten Verbrechen die Majestätsbeleidigung. Beim Spazierengehen sollte man immer auf den Boden achten. Liegt da ein Geldschein und man tritt darauf, beleidigt man den König, der darauf abgebildet ist. Es drohen bis zu 5 Jahre Haft. Es ist schon möglich, dass in Touristenzentren Scheine mit 100 Baht sogar von den Polizisten auf dem Gehweg platziert werden. Auch bei Briefmarken muss man aufpassen. Briefmarken auf denen der König abgebildet ist, auf keinen Fall ablecken. Inzwischen gibt es aber selbstklebende Marken.

Wir hatten auch mal Marken die nicht klebten, weil die Leute auf die falsche Seite spuckten. Das war im Dritten Reich und danach auch noch in der DDR.

In Dubai sind sie besonders streng, wenn es um Drogen geht. Es reicht schon, wenn sie ein Mohnbrötchen dabei haben. Die Einfuhr von Drogen und Medikamenten ist so streng geregelt, dass selbst die Mohnstreusel auf dem Brötchen zu mehreren Jahren Haft führen können.

Im Hotel in Israel ist beim Fernsehen auf dem Zimmer äußerste Vorsicht geboten. In den meisten Hotels gibt es im TV einen Porno-Kanal. Wenn sie sich aber solche Filme anschauen und erwischt werden drohen bis zu 3 Jahre Gefängnis.

In Australien ist das Rauchverbot noch nicht so streng. Sogar Kinder dürfen rauchen. Allerdings dürfen sie keine Zigaretten kaufen.

Und denken sie daran, auch auf dem Gehweg ist Linksverkehr. Also auf Geh- und Fußwegen immer links laufen, niemals rechts.

Fast jeder von euch war schon mal in Italien, aber kennt ihr auch diese neuen Regeln? Wenn sie ein öffentliches Lokal haben kann es für sie sehr teuer werden. Kommt jemand von der Straße und will auf die Toilette, müssen sie das dulden. Lassen sie ihn nicht auf die Toilette zahlen sie beim ersten Mal eine Strafe von 50 Euro, beim zweiten Mal 150 Euro und beim dritten Mal wird ihr Lokal für 10 Tage geschlossen. Seit es diese Kassenzettel (Scontrino) gibt müssen Ladenbesitzer noch mehr aufpassen. Nur ein Beispiel. Sie Machen ein Geschäft mit einem Touristen und geben ihm den Scontrino. Der Tourist wirft ihn weg. Die Finanza (Finanzpolizei) ist *zufällig* in der Nähe und kontrolliert den Touristen. Der Kunde kann den Scontrino nicht vorweisen und zahlt nun eine Geldbuße. Diese beträgt das 100-fache des Rechnungsbetrages. Das hört sich ganz happig an, aber der Ladenbesitzer bei dem gekauft wurde ist noch schlimmer dran. Er muss das 1000-fache des Rechnungsbetrages bezahlen. Dabei kann schon mal einer pleite gehen. So etwas nennt man moderne Raubritter.

Wenn ich daran denke, was mir in anderen Ländern alles passieren kann, möchte ich gar nicht mehr ins Ausland. In Deutschland gibt es so viel zu sehen. Warum also nicht in Deutschland bleiben?

Was spricht für Deutschland? Überall gibt es ALDI. Ich verpasse kein Sonderangebot.

Überall wird meine Sprache gesprochen. Sogar in Bayern und Sachsen. Gut, dort muss man schon genauer hinhören

Die Fernsehprogramme sind in deutscher Sprache.

Die Stecker meiner Elektrogeräte passen überall und Kontakte zu Ausländern kann ich überall bekommen.

Will ich Kontakte mit Deutschen muss ich allerdings nach Thailand, in die Türkei, auf die Balearen, auf die Kanaren, nach Kuba oder auf die -ellen und -illen.

Ich habe in der Vergangenheit schon oft Urlaub in Deutschland gemacht. Ich war in Berlin, München, Rottach Egern am Tegernsee, in Bühl am Alpsee, am Hopfensee, am Bodensee, in Oberachern, in Oberkirch, in Zell am Harmersbach. Aber davon erzähle ich meinen Bekannten nichts, sonst lachen die mich aus.

Vor vielen Jahren gab es einen Hit im Radio - Santo Domingo von Wanda Jackson. Ein tolles Lied. Damals musste ich zuerst im Atlas nachschauen, wo dieses Santo Domingo liegt. Inzwischen weiß ich, es ist auf der Insel Hispaniola, östlich von Kuba. Auf der Insel sind zwei Staaten. Haiti und die Dominikanische Republik. Damals wollte ich auch dahin reisen. Heute ist das nichts Besonderes mehr.

Fettnäpfchen

Auch wenn ich alle Regeln beachte, tappe ich doch in manches Fettnäpfchen. Ganz vermeiden lässt sich das nicht. Es gibt einfach Sitten und Gebräuche, die in keinem Reiseführer stehen. Aber wer fährt schon nach Österreich und studiert vorher die Gebräuche des Alpenvolkes?

Die Österreicher legen Wert auf gute Manieren. Dazu gehört auch die richtige Begrüßung. Ein *Hallo*, wie es in Deutschland inzwischen üblich ist, kann dort schnell als unhöflich empfunden werden. Dort sagt man *Hallo* nur zu Freunden und Familienangehörigen. In Österreich pflegt man daher das *Grüß Gott*, oder in lockerer Umgebung einfach *Guten Tag.*

In Wien dagegen gelten wieder andere Regeln. Dort wird man gerne mit einem akademischen Titel angesprochen, auch wenn man keinen hat. Ein einfaches *Herr Doktor* ist fast schon unhöflich. Besser ist *Herr Professor Doktor,* oder *Herr Komerzialrat.* Ich wunderte mich auch noch, als ich ständig mit Doktor oder Professor angesprochen wurde. Aber ich protestierte deshalb nicht.

Auch in Italien legt man Wert auf die Anrede. Einen Akademiker spricht man mit *Dottore* an, einen Arbeiter mit *Ingeniere.* Zu mir sagten sie Dottore. Das gefiel mir sogar. Nach Österreich und Italien würde ich sofort wieder reisen.

Auch unsere westlichen Nachbarn, die Franzosen, haben ihre Eigenheiten. Die Franzosen sind sehr stolz auf ihre Sprache. Dass Französisch als Weltsprache vom Englischen überholt wurde, scheint sie doch zu wurmen.

Ganz wichtig, der Franzose lernt keine Fremdsprache. Er erwartet auch von den Touristen, dass sie französisch sprechen. Spricht man als Tourist den Franzosen auf englisch an, reagiert er überhaupt nicht. Obwohl er die Sprache versteht.

Ich wurde in Paris so lange freundlich behandelt, bis die Franzosen bemerkten, dass ich ein Deutscher bin. In dem Moment wurden sie ablehnend. Irgendetwas haben sie immer noch gegen den Deutschen.

Als typischer Deutscher erwarte ich auch, dass überall wohin ich komme Deutsch gesprochen wird. Das ist leider nicht der Fall. Trotzdem war ich vorsichtig und lästerte nicht über den Kellner. Am Gardasee, auf Sizilien und auf Mallorca verstehen sie fast alle Deutsch.

China ist weit weg und die Gebräche und Gepflogenheiten sind ganz anders als bei uns. Vieles ist noch nicht bekannt. Bis vor einigen Jahren spielte das keine Rolle. Niemand durfte einreisen und niemand durfte heraus. Das hat sich geändert und inzwischen besuchen viele Chinesen Europa.

Zuhause ist es üblich, in der Öffentlichkeit auf den Boden zu spucken. Dort ist das völlig normal. Bei uns gilt das als schlechtes Benehmen und Unart. Das Spucken gilt in China als gesund. Nun kommen seit einiger Zeit auch junge Chinesen nach Europa und spucken überall ungeniert auf den Boden. Das machen unsere Jugendlichen doch schon seit Jahren. Besonders an den Bushaltestellen ist oft der ganze Boden vollgespuckt. Allerdings haben sie auch Vorbilder. Wird ein Fußballspiel im Fernsehen übertragen sieht man die Spieler ständig auf den Platz spucken und rotzen. Und das auch noch in Großaufnahme. Schöne Vorbilder für die Jugend.

Verschlägt es einen nach Usbekistan muss man sich nicht wundern. Aufgrund seiner geographischen Lage und historischer Umstände haben die Usbeken russische, chinesische und arabische Sitten übernommen. Obwohl die überwiegende Mehrheit der Bevölkerung den Islam zur Religion hat, ist Wodka eines der beliebtesten Getränke, trotz des islamischen Alkoholverbotes. Viele Usbeken halten deshalb ihr Wodkaglas versteckt unter der Tischplatte. Allah kann nicht durch Tische sehen.

Wer nach Russland reist muss trinkfest sein. Wodkatrinken gehört dort zu den wichtigsten Ritualen. Nicht mittrinken ist kaum möglich. Nur wer gesundheitliche Gründe anführt kann hoffen, dass der Gastgeber ein Auge zudrückt. Doch wer einmal mittrinkt muss bis zum bitteren Ende durchhalten. Bei einer Feier rechnet man für jeden Mann mit einer Flasche Wodka, für jede Frau mit einer halben Flasche.

Ich wollte schon immer mal nach Moskau und St. Petersburg. Nur diese Unsitte mit dem Wodkasaufen hielt mich bisher davon ab.

Die indische Küche gehört weltweit zu den beliebtesten. Dazu gehören auch die indischen Tischsitten. Dort ist es üblich nach dem Essen laut zu rülpsen. Niemand empfindet das als un-

höflich oder anstößig. Auch ausspucken und ab-
rotzen sind normal. Will ich also mal richtig die
Sau rauslassen, dann buche ich eine Reise nach
Indien.

Auch bei uns lassen manche beim Essen die
Sau raus und die kommen nicht aus Indien.

Mit dem Auto im Ausland

Wenn man seit über 40 Jahren Auto fährt, sollte man die Regeln im Straßenverkehr kennen. In
Deutschland ist das kein Problem. Hier ist sowieso alles verboten, was nicht ausdrücklich erlaubt
ist. Aber wie ist es in anderen Ländern? Bevor
man in ein anderes europäisches Land fährt sollte
man sich genau informieren. Sonst kann es sein
man landet im Knast oder kommt ohne Auto zurück.

Wenn sie in Italien mit mehr als 1,5 Promille
erwischt werden, können sie ihrem Auto Arrive-
derci sagen. Wenn Halter und Fahrer identisch
sind, wird das Fahrzeug beschlagnahmt und versteigert. Der Erlös geht an den Staat.

In Dänemark gibt es eine ähnliche Regelung.
Wenn sie mit mehr als 2 Promille erwischt werden ist der Führerschein und das Fahrzeug weg.
Das Fahrzeug wird versteigert und das Geld
fließt in die Staatskasse. Das gilt übrigens auch,
wenn dem Fahrer das Auto nicht gehört.

Auch in Frankreich sind die Strafen saftig. Warnen sie andere vor einem Blitzer sind bis zu 1500 Euro fällig. Ist es das wert? Fehlt das Warndreieck oder die Sicherheitsweste kostet es 135 Euro. Bei Alkohol ist die Grenze bei 0,8 Promille. Liegen sie darüber, droht eine 2-jährige Haftstrafe und eine Geldbuße in Höhe von 4500 Euro.

In der Türkei und in Bulgarien wird das Fahrzeug desinfiziert (entlaust). Damit soll verhindert werden, dass Krankheitserreger eingeschleppt werden. Die Desinfektionsgebühr kostet 10 Euro.

Entlausen wir auch Fahrzeuge die aus diesen Ländern zu uns kommen?

In Griechenland müssen sie besonders auf die Halteverbote achten. Müssen sie trotzdem ein Bußgeld zahlen, halten sie die Frist unbedingt ein. Sonst verdoppelt sich der Betrag. Es spielt keine Rolle, ob sie absichtlich oder unabsichtlich im Halteverbot standen. Die Regeln sind ganz einfach. An ungeraden Tagen gelten Halteverbotsschilder mit einer senkrechten Linie, an geraden Tagen Schilder mit zwei senkrechten Linien. Oder ist es umgekehrt?

In Österreich sollten sie sich unbedingt an die Geschwindigkeitsbegrenzungen halten. Hier lauern die Adleraugen der Polizisten. Diese kommen ganz ohne Tempomessgerät aus. Mit ihrem geschulten Scharfblick können sie Überschreitungen bis zu 30 km/h ohne Mühe erkennen.

In Dänemark müssen sie vor jeder Fahrt ihr Fahrzeug auf Fahrtüchtigkeit überprüfen. Also Lampen, Bremsen usw. Außerdem müssen sie unter dem Wagen nachschauen, ob nicht einer darunter liegt. Sonst dürfen sie nämlich nicht losfahren. Also einsteigen, Gas geben und losfahren geht in Dänemark überhaupt nicht.

In Griechenland müssen sie vor allem auf das Rauchverbot achten. Wer im Auto Kinder unter 12 Jahren hat und sich eine Kippe ansteckt, muss bis zu 1200 Euro Stafe zahlen. Taxi- und Busfahrer sogar bis zu 3000 Euro.

In Norwegen ist es noch strenger. Dort ist Rauchen im Auto innerhalb von Ortschaften generell verboten.

In der Schweiz sollte man es auch nicht eilig haben. Wer mit 100 km/h durch eine geschlossene Ortschaft brettert kann mit einem Jahr Knast rechnen. Auch wer in der Tempo-30-Zone mit 40 km/h zuviel erwischt wird muss für 1 Jahr in den Knast.

Wer in Schweden sein Auto länger als fünf Tage an derselben Stelle stehen lässt, muss sich nicht wundern, wenn es auf einmal nicht mehr da ist. Auf öffentlichen Straßen und Plätzen wird in Schweden nach dem 5. Tag abgeschleppt.

Kurios ist es in Österreich. Wer bei einem Unfall mit reinem Sachschaden die Polizei verständigt muss eine Blaulichtsteuer bezahlen. Es ist eine Unfallmeldegebühr und sie kostet 36 Euro. Es spielt dabei keine Rolle, wer schuld am Unfall hat. Der Melder bezahlt.

Wenn sie in Kroatien einen Unfall haben und am Auto der Schaden sichtbar ist, dürfen sie das Land nur verlassen, wenn sie eine polizeiliche Schadensbestätigung haben.

Wer in Slowenien einen Bußgeldbescheid erhält, sollte sofort bezahlen. Ausländern droht sonst die Beschlagnahme der Ausweise und des Fahrzeugs. Oder der Fahrer wird gleich in Haft genommen.

Und da schimpfen die Autofahrer in Deutschland? Hier geht es ihnen doch noch am Besten?

Japans stille Örtchen

Ich wollte schon immer mal nach Tokio. Aber ich hasse Fernreisen und erst recht Fernflüge und das ist einer der weitesten Flüge.

Trotzdem informierte ich mich schon mal über japanische Sitten und Gebräuche. Vielleicht brauche ich das doch einmal.

Die Sitten und Gebräuche unterscheiden sich erheblich von unseren. In Japan begrüßt man sich traditionell mit einer Verbeugung. Der Händedruck ist nicht Teil der japanischen Kultur. In-

169

zwischen macht man jedoch eine Ausnahme, übt aber den Händedruck nur sehr leicht aus. Aber man sieht niemand direkt in die Augen. Und Umarmung mit Bussi links und rechts ist erst recht nicht üblich.

Japaner schätzen Visitenkarten. Also immer welche bereit haben und überreichen. Die Visitenkarte des anderen sorgfältig lesen und in der Hand behalten. Interesse heucheln fällt einem doch nicht schwer.

Beim Essen nicht rülpsen. Japaner finden das ekelhaft. Noch widerlicher finden die Japaner es, wenn sich jemand die Nase putzt.

Mit den Essstäbchen sollte man nicht auf jemanden oder ewas zeigen. Das ist dem Japaner zu direkt.

Auch Feilschen ist in Japan unüblich. Man hofft, dass der Ladenbesitzer einen fairen Preis angibt und bezahlt ihn.

Abfall auf den Boden werfen wird nicht gern gesehen und kann mit empfindlichen Strafen belegt werden.

Dies sind die wichtigsten Regeln. Natürlich gibt es noch viel mehr, aber man kann auch ruhig mal in ein Fettnäpfchen treten. Das macht uns gleich sympathischer, denn niemand ist perfekt.

Ich dachte, mich könnte nichts überraschen, bis ich von dem japanischen Pantoffelsystem und den japanischen Toiletten las.

Das Pantoffelsystem hat große Tradition und der Japaner achtet genau darauf. Wenn man eingeladen wird muss man besonders aufpassen. Bevor man das Haus des Gastgebers betritt, zieht man die Straßenschuhe aus und bekommt vom Gastgeber spezielle Hauspantoffel. Für Bad und Toilette gibt es wiederum andere, die Toilettenpantoffel. Mit diesen sollte man aber nicht die Wohnräume betreten. Auch in Hotels und Gästehäusern läuft man nicht mit Straßenschuhen sondern mit Hauspantoffeln herum. Diese dürfen aber wieder nicht auf der Toilette benutzt werden. Dort stehen andersfarbige WC-Pantoffel bereit. Beim Verlassen des stillen Örtchens wechselt man wieder die Pantoffel. Daran müssen wir uns erst gewöhnen.

Manche Pantoffel sind japanisch beschriftet, andere sind mit dem Wort *toilet* gekennzeichnet. Trotzdem passiert es immer wieder, dass Hotelgäste mit den Toilettenpantoffeln durch das Hotel latschen. Die Japaner sehen aber lächelnd darüber hinweg.

Ich würde dort ständig die Pantoffel verwechseln und mich nur blamieren.

Dann wurde ich mit japanischen Toiletten konfrontiert und erlebte eine Überraschung nach der anderen.

Die meisten japanischen Toiletten haben keine Schlösser. Deshalb klopft man erst einmal an.

Wenn es leise zurückklopft, ist die Toilette besetzt.

Hat man dann eine freie Toilette gefunden, sieht auf den ersten Blick alles ganz normal aus. Aber was bedeuten die Schriftzeichen und das grüne Licht auf der Klobrille? Zu jedem WC gehört auch eine Bedienkonsole. Das Standard-Gerät hat schon 12 Tasten und alle sind japanisch beschriftet. Wenn man Glück hat sind die Tasten auch mit Symbolen versehen, sogenannten Piktogrammen.

Eine Taste verspricht eine sanfte Podusche mit leichtem Strahl. Eine andere löst einen stärkeren Wasserstrahl aus. Eine weitere Taste löst einen warmen Windstrahl aus. Die Tasten funktionieren aber nur, wenn man auf der Brille sitzt. Man kann das alles beenden mit der Stoptaste. Wenn man sie findet.

Manche Konsolen haben sogar 17 verschiedene Tasten. Aber sie sind englisch beschriftet und mit Symbolen versehen. Der Klo-Deckel öffnet und schließt sich auf Knopfdruck. Will man etwas gegen den Geruch tun, drückt man einfach auf *Power Deodorizer.*

Allerdings gibt es auch eine gute Nachricht. Überall gibt es auch Toilettenpapier und die Bedienung der Klorolle ist wie bei uns.

Zum Ende der Sitzung wird es wieder kompliziert. Es gibt keine mechanische Spültaste, dafür mehrere Tasten die japanisch beschriftet sind. Am Besten einfach auf alle Knöpfe drücken.

Inzwischen wurde eine weitere Taste eingebaut. Wenn man während der Sitzung unangenehme Geräusche macht, schaltet man die *Geräuschprinzessin* ein. Dann wird klassische Musik gespielt, die alles überdeckt.

Für uns mag das alles kompliziert erscheinen und wir tun uns schwer mit der Bedienung. Aber man findet auch in Japan noch hier und da ganz gewöhnliche Sitzklosetts.

Die Bedienung dieser Toiletten ist schwierig, aber mit der Zeit kennt man alle Tastenfunktionen.

Viel schlimmer ist es für den Japaner, der nach Europa kommt. An die deutschen Toiletten kann er sich gerade noch gewöhnen. Aber in Frankreich und Italien sind in den alten Gasthäusern noch die Stehtoiletten. Da ist nur ein Loch im Boden, sonst nichts. Wenn er das zu Hause erzählt, glaubt ihm kein Japaner.

Der Donnerbalken

Zu meinem Bekanntenkreis gehören auch einige Japaner. Denen erzählte ich von meiner Militärzeit und vom Donnerbalken. Sie glaubten mir kein Wort.

Der Begriff Donnerbalken kommt aus dem 1. Weltkrieg und war die Bezeichnung für die Toilette, draußen im Gelände.

Als ich Soldat wurde, gab es in der Kaserne schon richtige Toiletten. Aber der Zustand war bescheiden. Jede Stube hatte einen Teil der Kaserne sauber zu halten. Das war das Revier. Wer die Toiletten als Revier hatte, war übel dran. Ich hatte Glück, meine Stube hatte den Duschraum sauber zu halten. In der Kaserne waren vorwiegend Schwaben und die machten den Duschraum nicht dreckig, weil sie gar nicht duschten. Von 150 Soldaten in der Kompanie benutzten gerade mal 5 die Duschen. Dazu gehörte auch ich und zwar jeden Tag. Lieber verzichtete ich auf das Frühstück am Morgen.

Als ich im Manöver auf der schwäbischen Alb war stellten wir unsere Fahrzeuge auf und tarnten sie mit Netzen. Geschlafen haben wir in den Lastwagen. Aber dort gab es keine Toilette. Dixie-Klos gab es noch nicht. Wir bauten also den klassischen Donnerbalken. Es war ein langer gerader Balken, den wir auf zwei Pfosten nagelten. Die Sitzhöhe war etwa bei 60 cm. Hinter dem Balken wurde eine breite Grube ausgehoben, die wir in den zwei Wochen Manöver auch füllten.

Auf den Seiten hatten wir einen Windschutz angebracht, aber nach vorne und hinten war alles offen. Manchmal saßen auch 2 oder 3 Kameraden auf dem Balken.

Einmal saß ich alleine dort. Die Maschinenpistole hatte ich auf den Knien. Plötzlich wurde das Lager angegriffen. Ich nahm die MP hoch und gab ein paar Feuerstöße ab. Obwohl darin nur Platzpatronen waren, war der Rückstoß so stark, dass ich beinahe in die Grube hinter mir gefallen wäre. Es ging gerade noch mal gut.

Nach dem Ende des Manövers wurde die ganze Grube mit Löschkalk bedeckt und zugeschüttet. Dann steckten wir einen Holzpfahl genau darüber in den Boden mit dem Hinweis, auf die Toilette. Der Donnerbalken blieb stehen. Der Hinweis war wichtig. Sollte mal jemand seinen Hund im Wald vergraben, sieht er sofort, dass diese Stelle nicht gut gewählt ist und sucht sich eine andere.

Eine Erkenntnis habe ich daraus gewonnen, das wertvollste im Leben ist natürlich die Gesundheit. Aber an die zweite Stelle setze ich die eigene Toilette. Wer in einer Großfamilie aufgewachsen ist wird mich verstehen.

Kurioses im Einkaufsmarkt
Die Busfahrt

Ich fuhr mit dem Bus zum Supermarkt. Hinter mir saß eine junge Mutter und telefonierte mit dem Handy. Ihr Kind fing an zu schreien und rumzuheulen. Die Mutter kümmerte sich nicht darum. Das Geschrei ertrug ich bis zur nächsten Haltestelle, war aber kurz vor dem Kollaps. Als der Bus hielt drängten die wartenden Menschen wie die Irren herein und ließen mich nicht mal aussteigen. Erst an der nächsten Haltestelle konnte ich ins Freie und musste nun zurücklaufen.

Unterwegs musste ich ständig auf den Boden schauen, weil alle paar Meter ein Hundehaufen lag. In der Zeitung steht immer: *Der Tag wird gut.* Einen Scheißdreck wird er gut. Dieser Tag fing doch ganz beschissen an. Hoffentlich ging es im Supermarkt nicht genauso weiter.

Beim Discounter

Zuerst besuchte ich den Discounter. Ich wollte mir einen Wagen holen, mein Chip wurde nicht angenommen. Das nervte mich. Ich versuchte es bei einem anderen. Beim 5. Wagen hatte ich Glück und konnte endlich in den Markt.

Normal sind die Wege zwischen den Regalen breit genug für zwei Wagen nebeneinander. Aber heute standen überall Paletten mit Waren, die noch nicht eingeräumt waren. An der engsten Stelle standen Leute und unterhielten sich. Dabei blockierten sie den Gang. Und dann noch diese blöde Hintergrundmusik. Die ging mir auch auf die Nerven. Erträgt denn keiner mehr etwas Ruhe?

Ich brauchte einige Waren. Alles war in Folie eingepackt und auf die Folie war das MHD gedruckt. Es dauerte, bis ich das MHD fand und nun konnte ich es nicht lesen.

An der Kasse hat sich eine lange Schlange gebildet. Wozu hat der Markt 6 Kassen, wenn immer nur eine besetzt ist? Als endlich eine 2. Kasse geöffnet wurde stürmen die meisten aus der ersten Schlange hinüber. Jetzt standen sie dort in der Schlange.

Ich bin clever einfach stehengeblieben und hatte nur noch zwei Leute vor mir. Die erste Kundin zählt ihre Cent einzeln ab, um den Betrag genau zu bezahlen. Das dauerte. Natürlich fehlte ihr 1 Cent. Alles begann wieder von vorn. Nun zahlte sie doch mit ihrer Kreditkarte. Nachdem sie ihre Pin-Nummer 3 mal falsch eingegeben hatte, klappte es endlich.

Die zweite Kundin hatte vergessen ihr Obst abzuwiegen. Sie ging zur Kontrollwaage und fand ihre Obstsorte nicht. Das dauerte. Ich war kurz vor der Explosion, da kam ich endlich an die Reihe. Beim einscannen stellt die Kassiererin fest, dass ich mein Obst auch nicht abgewogen hatte. Na ja, das kann doch mal passieren. Als ich bezahlen wollte, stellte ich fest, mein Geldbeutel liegt zu Hause auf dem Küchentisch. Was folgte ist der Storno aller Waren. Die Leute in der Schlange hinter mir scharrten unruhig mit den Füßen und ich verdrückte mich.

Draußen hat es begonnen zu regnen. Ich hatte jedoch einen Schirm dabei, der bei dem Wind sofort umklappte. Das dürfte mit einem 3-Euro-Schirm aber nicht passieren. Für heute war ich bedient. Dabei war es ein ganz normaler Tag.

Fahrgast rastet aus

Nach dem Supermarkt musste ich wieder den Bus nehmen. Jeder hat das schon mal erlebt. Ich stieg in den Bus und bevor ich eine Haltestange oder einen Sitzplatz erreichte, gab der Fahrer Gas, dass es mich nur so durch den Mittelgang schleuderte. Vor der nächsten Haltestelle drückte ich die Haltewunschtaste, aber da ich den Fahrstil bereits kannte, blieb ich erst mal sitzen. Der Bus hielt an, öffnete die Türen und ich stand auf und ging zur Tür. Bis ich an der Tür war, hatte der Fahrer sie schon wieder geschlossen und brauste weiter. Ich blieb ruhig. Warum soll ich mich ärgern? Das bringt doch nichts.

Ein anderer Fahrgast reagierte dagegen ungehalten. Er wollte nicht hinnehmen, dass der Fahrer die Tür nicht mal öffnete. Also ging er durch den Bus nach vorn und semmelte dem Fahrer eine Kräftige rein. Dieser war gar nicht begeistert und schlug zurück. Aus einer Lappalie hatte sich nun eine handfeste Schlägerei entwickelt, welche erst von der Polizei geschlichtet werden konnte. Ich hatte alles mit Wohlwollen verfolgt und gab dem erbosten Fahrgast Recht. Trotzdem sollte man nicht den Busfahrer hauen, egal wie er fährt.

Hausverbot

Bei meinen Einkäufen in diversen Supermärkten oder Discountern gibt es einiges, das mich ärgert oder zumindest nervt.

Supermärkte, in denen ständig leise Fahrstuhlmusik läuft und Supermärkte, in denen die Pfandautomaten voll oder defekt sind.

Gruppen, die mitten im Gang stehen und sich ausgiebig unterhalten und dabei den ganzen Weg versperren und Menschen, die ihren Wagen einfach irgendwo stehen lassen, meistens dort, wo der Gang am engsten ist.

Menschen, die vor dem Zeitungsregal stehen und ungeniert lesen, dabei die Sicht versperren und dann ohne Zeitung das Weite suchen und Menschen, die Sechser-Pack Getränke aufreißen, obwohl jede Menge Einzelflaschen herumstehen.

Eltern, die glauben, der Supermarkt sei der perfekte Spielplatz für ihre Plagen und Kinder, die mit dem Einkaufswagen durch die Gänge rasen und ständig Leute anrempeln.

Menschen, die ungewaschen im Jogginganzug und Badelatschen einkaufen. Oder sogar im Schlafanzug.

Bis jetzt war es ja noch erträglich, aber nun kommt der Kassenbereich. Hier nerven mich besonders Kinder, die sich im Kassenbereich schreiend auf den Boden werfen, wenn sie kein Überraschungsei bekommen.

Kunden, die ihren Einkauf trotz dem Hinweis Kasse geschlossen noch auf das Band legen oder Kunden, die ihre Waren auf das Band legen und dann plötzlich mit dem Spruch Oh, ich habe was vergessen, verschwinden.

Menschen, die ihr Frühstück schon in der Warteschlange beginnen und angebissene Brötchen und geöffnete Flaschen auf das Band legen.

Kunden, die ihr Obst und Gemüse nicht abgewogen haben.

Kunden, die an der Kasse minutenlang in ihren Taschen nach passendem Kleingeld suchen und sagen: Ich hab's gleich. Dann fehlt ihnen doch 1 Cent.

Menschen, die ihren gesamten Wocheneinkauf mit einer gesperrten Bankkarte bezahlen wollen und kein Bargeld dabei haben.

Kassiererinnen, die bei jedem zweiten Artikel ihre Durchsage Preisfrage Kasse 2 ins Mikrofon nuscheln und Kassiererinnen, die man darauf hinweisen muss, dass eine zweite Kasse geöffnet werden sollte.

Wird dann eine zweite Kasse geöffnet, zeigt sich der wahre Charakter eines Menschen.

Nach meinem Einkauf dachte ich darüber nach, wie ich es all diesen nervigen Typen heimzahlen könnte. Ich suchte mir den größten Discounter mit vier Buchstaben aus und begann früh am Morgen meine Einkaufstour.

Zuerst füllte ich den Wagen mit lauter Zeug, das ich nicht brauchte. Dann bat ich einen Kunden doch kurz darauf aufzupassen und machte mich aus dem Staub.

Erst am Nachmittag wagte ich mich wieder in den Markt. Mein Wagen war verschwunden und der Herr, der darauf aufpassen sollte, ebenso. Man kann sich auf niemand mehr verlassen.

Nun füllte ich einen neuen Wagen bis zum Rand und ging zur Kasse. Dem Vordermann rammte ich aus Versehen den Wagen gegen die Kniekehlen. Als der sich umschaute, sah ich unschuldig zur Seite.

Als das Band langsam weiterfuhr, legte ich meine Waren Stück für Stück darauf, ließ aber einen Abstand von jeweils 30 cm. Damit beanspruchte ich das ganze Band für mich. Die Leute hinter mir wurden schon unruhig. Aber ich hatte ja noch gar nicht richtig angefangen.

Nun stellte ich meine Flaschen auf das Band, so dass sie ständig umkippten, wenn es weiterruckelte. Den Warentrenner und die Hinterleute ignorierte ich bewusst.

Kurz vor der Kasse ging ich nochmal zurück, um einen vergessenen Joghurt zu holen, der sich am anderen Ende des Marktes befand.

Als mein Obst an die Reihe kam, stellte die Kassiererin fest, dass ich es nicht abgewogen hatte. Ich schlenderte gemütlich zur Kontrollwaage und wog Stück für Stück. Das dauerte.

Nachdem endlich alles eingescannt war suchte ich verzweifelt nach meinem Geldbeutel und zuckte hilflos mit den Schultern. Dann löste ich den Storno des Tages aus. Die Kasse musste schließen und die Leute mussten sich woanders anstellen.

Ich war hochzufrieden und verließ den Supermarkt. Das sah man auch an meiner Körperhaltung. Allerdings habe ich jetzt bei dem Discounter Hausverbot.

Der Einkaufswagen

Nach dem Hausverbot beim Discounter bleiben mir noch genug Supermärkte, in denen ich motzen kann. Nun habe ich mir das Prunkstück der Märkte vorgenommen - den Einkaufswagen. Hier gibt es vieles zu bemängeln und zu verbessern.

Zunächst einmal sind diese Wagen viel zu dreckig. Dann ist die Haltestange oft fettig und man kann sie nur mit Handschuhen anfassen. Ich habe deshalb immer diese Einweg-Handschuhe dabei.

Die Wagen sind viel zu tief und es fehlen einzelne Fächer oder Unterteilungen, damit Obst und Gemüse nicht von Getränkeflaschen plattgewalzt werden.

Es ist schon seltsam, dass ich immer einen von 50 Wagen erwische, an dem ein Rad blockiert und der Wagen zur Seite ausbricht. Es kann natürlich sein, dass es bei allen Wagen so ist. Das muss ich erst mal testen. Man könnte ja mal an allen Wagen die Räder sauber machen und damit die Blockade beseitigen. Vielleicht steckt auch eine Absicht dahinter. Man sollte im Markt abgebremst werden. In manchen Märkten sind im Boden Unebenheiten eingelassen, die den Wagen bremsen. Oder es werden einfach die Durchgänge zugestellt.

Was ich auch vermisse, ist eine Hupe an der Haltestange. Nur für Omas, die sich nicht entscheiden können, gehe ich links zum Katzenfutter oder rechts zu den Gebissreinigern.

Die Querstange am Wagenboden ist das nächste Problem. Man könnte sie mit Schaumstoff umwickeln. Vielleicht haue ich mal dem Marktleiter den Wagen in die Hacken, das überzeugt mehr als tausend Worte.

Dann der Pfandmechanismus. Entweder er klemmt und nimmt meinen Chip nicht an, oder er gibt ihn nach dem Einkauf nicht wieder her.

Das Volumen der Wagen ist zu groß. Bis ich die ganze Ware auf das Band gepackt habe, fällt sie bereits am anderen Ende wieder herunter. Dort beträgt der Platz vom Ellbogen der Kassiererin bis zur Kante nur 30cm.

Ich will ja nicht meckern. Einiges hat sich schon verbessert. In einem Supermarkt mitten in der Stadt sind in allen Einkaufswagen bereits Chips eingelegt und die Ketten wurden entfernt. Hier braucht man keinen Chip und kann den Wagen einfach so nehmen und nach dem Einkauf da stehen lassen, wo er keinen Platz hat.

In einem anderen Supermarkt habe ich Einkaufswagen gesehen, die nur halb so breit sind, wie die alten Wagen. Das ist sehr praktisch, denn die Gänge zwischen den Regalen sind manchmal so eng, dass man nicht durchkommt.

Immerhin, einige Verbesserungen sind mir schon aufgefallen. Vielleicht haben wir in 25 Jahren den idealen Einkaufswagen. Dann brauche ich aber keinen mehr.

Der Wochenmarkt

Eigentlich gehe ich nicht auf den Wochenmarkt. Dort ist mir am Samstag zuviel Gedränge. Auf dem Mittwochmarkt ist es nicht so schlimm, deshalb startete ich dort einen Versuch.

Schon am ersten Stand lagen lange rauhe Rinderzungen in der Auslage. Daneben Schweinsfüße und ein halber Schweinskopf. Das Auge war geöffnet und das Schwein schaute mich vorwurfsvoll an. Dieser Anblick reichte mir schon und ich wollte gehen. Dann überwand ich meine Abscheu und ging zum nächsten Stand. Dort wurden Fische angeboten. Alle lagen auf einem Eisbett. Darüber stand auf einem großen Pappschild: *Täglich frische Fische.* Ich wandte mich an den Verkäufer: *Sind die Fische auch wirklich frisch?* Er antwortete mit einem Augenzwinkern: *Ehrlich gesagt nein, aber ich weiß nicht, wie man verfault schreibt.* Der Kerl wollte mich wohl verarschen.

Ich ging weiter zum nächsten Stand, dort gab es Äpfel. Eine Dame stand davor und fragte den Händler: *Sind die mit Gift gespritzt? Sie sind für meinen Mann.* Der Händler: *Tut mir Leid, da kann ich ihnen nicht helfen, das Gift müssen sie schon selber reinspritzen.*

Nun kam ich beim Kartoffelbauer vorbei, beim dicken Emil. Ich dachte, eigentlich könnte ich gleich ein paar Kartoffeln mitnehmen. Ich trat an den Stand und sagte: *Ich hätte gerne Kartoffeln.* Der dicke Emil fragte: *Männliche oder weibliche? Gibt es denn da einen Unterschied,* fragte ich. Emil: *Selbstverständlich. Na gut,* meinte ich, *dann geben sie mir weibliche.* Emil nahm einen Sack vom Stapel, kippte ihn um und leerte ihn auf dem Tisch aus. Auf dem Tisch war nun ein riesiger Haufen Kartoffeln. Ich fragte verwundert: *Und was wird das jetzt?* Emil: *Weibliche sind ohne Sack.*

Jetzt hatte ich genug und verließ den Markt, ohne Kartoffeln. Vielleicht versuche ich es mal beim Bauernmark. Zwei Tage später, am Freitag, war Bauernmarkt. Da waren nur wenige Stände und alles war überschaubar. Obst und Gemüse kamen aus der Region und wurden unverpackt angeboten.

Dann sah ich einen Stand mit Pferdefleisch. Ich fragte den Händler: *Das stammt doch sicher von einem alten klapprigen Gaul?* Der Händler protestierte: *Mein Fleisch stammt nur von jungen Fohlen. Franzosen, Italiener und auch Deutsche schätzen mein Pferdefleisch.* Ich sah nach den Preisen, das war ja teurer als Rindfleisch. Nein, Pferdefleisch wollte ich heute nicht und ging weiter.

Ich kann mich noch an die Zeit, kurz nach dem zweiten Weltkrieg erinnern. Für die armen Leute gab es kein Fleisch. Im Wald gab es kein Wild mehr und die Besatzer hatten den Bauern die letzten Kühe, Schweine und Ziegen abgenommen (beschlagnahmt). Das taten die Soldaten der Wehrmacht in Frankreich, Russland und Polen genauso. Damals hieß das aber requirieren.

Eines Tages gab es bei uns zu Hause unter der Woche viel Fleisch zu essen. Das war ungewöhnlich und wir wunderten uns. Das Fleisch schmeckte auch irgendwie anders. Erst nach Jahren gab unsere Mutter zu, dass wir damals Pferdefleisch gegessen hatten. Irgend ein Gaul im Ort war am verrecken und wurde beim Pferdemetzger (in unserer Nachbarschaft) notgeschlachtet. Das Fleisch musste schnell verbraucht werden und wurde billig abgegeben. Heute würde so etwas in der Abdeckerei landen und nicht in unserem Magen. Wir Kinder wunderten uns auch noch, als vor der Hütte des Pferdemetzgers vier Pferdebeine mitsamt den Hufen standen. Diesen Anblick vergaß ich nie.

Wie schon erwähnt, gab es im Wald kein Wild mehr, aber viele Leute hatten noch einen Hund. Immer wenn die Älteren einen Hund sahen fassten sie ihn prüfend hinter dem Kopf und nickten zustimmend. Ich konnte mir diese Geste nicht erklären. Erst viel später erfuhr ich die Bedeutung. Die Männer prüften, ob der Hund genug Fett angesetzt hatte und beim Schlachten genug Hundeschmalz lieferte. Das Schmalz sollte angeblich gegen Rheuma gut sein. Damals erreichte kein Hund sein normales Hundealter. Aber, man muss die Leute auch verstehen, Medikamente gab es nicht, oder sie waren teuer. Hundeschmalz dagegen gehörte schon immer zu den alten Hausmitteln.

Inzwischen gibt es kein Hundeschmalz mehr, aber an einem Stand wurde Hirschtalg angeboten. Ich blieb stehen und fragte: *Nimmt man das zum Kochen oder Backen? Nein,* meinte der Händler, *Sportler kaufen das, es wirkt wie Vaseline und schützt die Haut vor dem Wundscheuern. Man kann damit auch Dichtungen an der Autotür einschmieren, damit sie nicht spröde werden.* Nun wusste ich auch darüber Bescheid und verließ den Markt.

Im Internet informierte ich mich genauer. Es könnte ja sein, dass der Händler mich angelogen hatte. Nein, er sagte die Wahrheit. Hirschtalg findet man auch in Kosmetikprodukten, in Haut- und Fußcremes. Wenn die Frauen wüssten, womit sie sich da einschmieren? Aber wahrscheinlich wissen sie es.

Auch Sportler schätzen den Hirschtalg um Blasenbildung zu verhindern. Ruderer nehmen ihn für die Handflächen und Marathonläufer für die Füße.

Aber zurück zu den Märkten. In den Großstädten München und Berlin wird inzwischen exotisches Fleisch angeboten. In München bekommt man Straußenfleisch, direkt vom Straußenhof Chiemgau. Das Fleisch ist gesund und der Geschmack erinnert an Rinderfilet.

In Berlin ist die Auswahl größer. Dort gibt es außer Strauß auch Känguruh, Elch, Krokodil,

Rentier und Klapperschlange auf dem Bauernmarkt. Inzwischen wird im Handel auch noch Bisonfleisch aus Kanada und Zebrafleisch aus Afrika angeboten. Die Menschen schrecken doch vor nichts mehr zurück. Ich bleibe beim Schweinesteak vom Hals, damit bin ich zufrieden.

Noch mehr Kurioses

Wer liest schon Beipackzettel oder Produktbeschreibungen. Mal ehrlich, lesen sie die AGB durch bevor sie das Feld ja ankreuzen? Das macht doch keiner.

Idiotische Hinweise

Um sich rechtlich gegen Schadenersatzklagen abzusichern drucken einige Hersteller Hinweise auf ihre Produkte, die völlig idiotisch erscheinen.

Der Grund liegt natürlich in den USA. Selbst an den Haaren herbeigezogene Entschädigungsklagen haben vor amerikanischen Gerichten oft Erfolg.

Die Hinweise sind durchaus nicht witzig gemeint, sondern haben ihre Berechtigung. Wenn man Kunden nicht sagt, was sie mit dem Gerät machen sollen, hat man ganz schnell eine Klage am Hals.

Einige Beispiele für den Irrsinn:

Auf der Verpackung eines Föns von Sears steht: *Nicht während des Schlafes benutzen.* Ich kenne keinen, der sich während des Schlafes die Haare föhnt.

Auf der Seifenpackung der Firma Dial steht die Anleitung: *Wie normale Seife benutzen.* Ja, wie denn sonst?

Auf der Packung Tiramisu von Tesco's steht: *Nicht undrehen,* allerdings auf der Unterseite. Und schon ist man reingefallen.

Auf einem Bread-Pudding von Marks & Spencer ist der dezente Hinweis: *Das Produkt ist nach dem Kochen heiß.* Tatsächlich? Darauf wäre ich nie gekommen.

Auf der Verpackung eines Rowenta-Bügeleisens ist der Hinweis: *Die Kleidung nicht während des Tragens bügeln.* Dabei würde man doch viel Zeit sparen.

Auf der Hustenmedizin für Kinder von Boot's steht: *Nach der Einnahme dieser Medizin nicht Auto fahren oder Maschinen bedienen.* Tja, liebe Kinder, ist leider verboten.

Auf dem Schlafmittel Nytol ist der Hinweis: *Achtung, kann Müdigkeit verursachen.* Na das hoffe ich doch.

Auf der Packung Nüsse von Sainsbury's entdecken wir den Hinweis: *Achtung, enthält Nüsse.* Ja was denn sonst?

Auf der Packung Nüsse von American Airlines ist die Anleitung: *Packung öffnen, Nüsse essen.* Gut so, ich hätte es fast umgekehrt gemacht.

Auf einem Superman-Kostüm für Kinder steht deutlich: *Das Tragen dieses Kleidungsstückes ermöglicht es nicht, zu fliegen.* Schade liebe Kinder.

Auf einem Feuerlöscher steht: *Inhalt nicht entflammbar.* Na Gottseidank.

Auf Mikrowellen in den USA steht: *Tiere nicht in der Mikrowelle trocknen.* Weil mal eine ihren nassen Hund reingesteckt hat.

Auf der Schachtel eines Fotoapparates (noch nicht digital) stand: *Funktioniert nur mit eingelegtem Film.* Das findet man auch selbst heraus.

Ein Hersteller von Rückspiegeln mahnt auf der Verpackung: *Was im Rückspiegel erscheint, befindet sich hinter ihnen.* Donnerwetter, hätte ich nicht gedacht.

Auf einer Schachtel Zündhölzer steht die Warnung: *Der Inhalt dieser Schachtel könnte in Brand geraten.*

Sogar ein deutscher Hersteller von Tischventilatorcn warnt in der Gebrauchsanweisung: *Gerät nicht in Wasser oder andere Flüssigkeiten tauchen.*

Auf einem faltbaren Kinderwagen ist der Ratschlag: *Kind vor dem Zusammenklappen entfernen.* Das ist wohl für ganz Blöde.

Ein amerikanischer Hersteller von Klobürsten warnt: *Nicht zur Körperhygiene benutzen.* Zu was denn, zum Zähneputzen?

Auf einer Tischlerfräse steht: *Nicht als Instrument zum Zähnebohren gedacht.* Hat das tatsächlich mal einer versucht?

Auf einer Packung mit Angelhaken steht: *Herunterschlucken schädlich.*

Warnhinweis auf einem Kinderroller: *Dieses Produkt bewegt sich, wenn es benutzt wird.* Das wollen wir doch hoffen.

Ein Hersteller von Fieberthermometern empfiehlt: *Wenn diese Thermometer rektal eingesetzt wird, sollte anschließend keine Messung im Mund durchgeführt werden.* Sag das mal der Krankenschwester.

Bei der Waschmaschine wird es deutlich: *Stecken sie unter keinen Umständen eine lebende Person in die Maschine.*

Ein Hersteller von Kettensägen warnt: *Halten sie die Kettensäge nicht mit der Hand an.*

Und der Hersteller von Heißklebepistolen mahnt: *Benutzen sie die Heißklebepistole bitte nicht als Fön.*

Zuletzt ein Hinweis in eigener Sache: *Lesen sie dieses Buch nicht am Steuer eines sich bewegenden Fahrzeuges.*

Nach meiner Geschichte über den Wolper-tinger wurde ich neugierig, welche Monster es in anderen Ländern gibt. Hier eine kleine Aufstellung.

Monster

Monster gibt es überall. Das fängt schon am Morgen an, wenn wir vor dem Spiegel stehen. Da sehen wir schon das erste.

Aber Spaß beiseite, jeder hat schon von den drei bekanntesten gehört, von Nessie, Bigfoot und Yeti.

Das Ungeheuer von Loch Ness soll aussehen wie eine Seeschlange und bis zu 20 Meter lang sein. Die Aussagen der Zeugen sind unterschiedlich. Mal sprechen sie von einem elefantenähnlichen Tier mit krummem Rücken und langem Rüssel. Dann wird wieder von einem kamel- oder pferdeähnlichen Tier gesprochen. Die meisten halten es aber für eine Art Saurier. Nessie gibt es schon lange. Bereits im Jahr 565 wurde es in Schriften erwähnt. Richtig berühmt wurde Nessie aber erst, als 1933 erstmals regionale Zeitungen über das Ungeheuer von Loch Ness berichteten. Allerdings so richtig gesehen hat es noch keiner. Und wenn doch, kann er es nicht beweisen.

Auch die Geschichte über den Riesenaffen ist alt. Schon im 19. Jahrhundert wurde Bigfoot in den Bergen der USA und Kanadas gesichtet. In

Kanada nennt man ihn Sasquatch. Bereits 1967 tauchte ein verschwommenes Video auf, das zeigt, wie Bigfoot durch den Wald läuft. Handelt es sich vielleicht um den Nachfahren einer ausgestorbenen Riesenaffenart? Bislang tauchten keine eindeutigen Beweise auf. Auch die riesigen Fußspuren, die man gefunden hatte sind kein Beweis.

Auch für den Yeti gibt es trotz angeblicher Fußabdrücke von 43 cm keinen Beweis. Forscher glauben, dass es sich bei dem Yeti um keinen Riesenaffen sondern um einen Tibetischen Braunbären handelt. Die Einwohner des Königreiches Bhutan im Himalaya glauben jedoch fest an den Yeti. Er sei sieben Fuß groß, stinkt und ist sehr gefährlich. So könnte man auch einen Menschen beschreiben.

Was für Schottland, die USA, Kanada und Bhutan gilt machen sich auch andere Länder zu eigen. Jedes Land hat sein eigenes Monster und pflegt den Kult um dieses Ungeheuer.

In der Mongolei gibt es den *Allghoi Khorkhoi*, den mongolischen Todeswurm. Er hat eine glatte rote Haut und einen wurmförmigen, weichen Körper. Er soll über einen halben Meter lang sein und dick wie der Arm eines Mannes. Er lebt unter der Erde der Wüste Gobi. Bei Gefahr richtet er sich vor seinen Opfern auf und bespritzt sie mit tödlichem Gift. Deshalb könnte es sich auch um ein Reptil oder eine Schlange handeln. Beweise für den Allghoi Khorkhoi gibt es aber nicht.

Auch im brasilianischen Regenwald haben sie ihr Monster. Die Cario-Indianer sind sich sicher, in der Nähe des Amazonas lebt das *Mapinguari,* ein riesiges Monster. Es soll bis zu 270 Kilogramm schwer sein und neben Pflanzen auch Tiere und Menschen fressen. Nachts kann man das drei Meter große Monster kaum überhören. Sein lautes Röhren dringt durch alle Bäume. Forscher glauben, dass es sich bei dem stinkenden Tier um ein Riesenfaultier handelt. Dieses sei zwar vor 10.000 Jahren ausgestorben, aber wer weiß, was sich in dem riesigen Amazonasbecken noch verbirgt.

In ganz Lateinamerika treibt der *Chupacabra* sein Unwesen. Er ist dort so bekannt wie bei uns Nessie. Zu seinen Opfern gehören Ziegen, Schafe und Federvieh. Alle Opfer wurden ausgesaugt und sind blutleer. Deshalb nennt man den Chupacabra auch Ziegensauger. Er soll aussehen wie ein Reptil, mit Stacheln auf dem Rücken, blutroten Augen und riesigen Fangzähnen. Nachdem einige tote Chupacabras gefunden wurden ergab es sich, dass es sich um Überreste von Kojoten handelte. Trotzdem glauben die Menschen fest an den Chupacabra. Inzwischen taucht er auch in Texas und Oklahoma auf.

Das *Ogopogo* wurde das erste Mal von Indianern im Okanagan-See in Kanada beobachtet. Dort soll ein riesiges Monster leben. Es soll bis zu 14 Meter lang sein, einen schlangenartigen Körper und einen Schafskopf haben. Mit seinem Schwanz schlägt das Ogopogo hohe Wellen und lässt Boote kentern. Wenn die Indianer mit ihren Kanus den See überqueren, werfen sie dem Monster zur Ablenkung lebende Hühner zum Fraß vor. Forscher glauben, dass es sich um den letzten einer ausgestorbenen Walgattung handelt. Aber wie oft haben sich Forscher schon geirrt? Kanadas Nessie bleibt deshalb ein Mythos.

Auch in den Legenden der Ureinwohner Australiens, den Aborigines, taucht ein Monster auf. Eine bösartige Gestalt, die einen üblen Gestank aussendet und riesige Füße besitzt. Der *Yowie,* auch *Yahoo* genannt, hat die Gestalt eines großen Affen und bewegt sich auf zwei Beinen. Die erste Sichtung gab es schon 1881. Seitdem haben ihn mehr als 3000 Menschen gesehen. Aber noch nie wurde er fotografiert. Es gibt lediglich einige Zeichnungen. Deshalb wird die Existenz von Yowie auch angezweifelt.

Für uns mag der Name niedlich klingen, aber bei den Einheimischen in Gambia löst er Angst und Schrecken aus. *Ninki-Nanka* heißt das Monster und wird als drachenähnliches Biest beschrieben. Es soll den Körper eines Krokodils haben, den Hals einer Giraffe und den Kopf eines Pferdes mit drei Hörnern. Dabei soll es zehn bis fünfzehn Meter lang sein. 2006 machte sich ein Forscherteam auf eine zweiwöchige Expedition nach Gambia auf, um das Ninki-Nanka zu erforschen. Doch die ganze Zeit ließ es sich nicht sehen. trotzdem glauben die Eingeborenen von Gambia fest an ihr Ninki-Nanka.

Tief in den Urwäldern des Kongo soll eines der rätselhaftesten Wesen der Welt leben. Das *Mokele-Mbembe* soll größer als ein Elefant sein, einen langen dünnen Hals und einen kleinen Kopf haben. Obwohl es ein Pflanzenfresser ist greift es auch Menschen an. Bei den Pygmäen im Kongobecken ist das Mokele-Mbembe jedenfalls eine Legende. Es könnte ein überlebender Saurier sein, aber auch hier fehlt der Beweis. 2006 sollte einen Expedition Klarheit über das mysteriöse Wesen schaffen. Nach ihrer Rückkehr konnten die Forscher jedoch nur den Fußabdruck des Mokele Mbembe, in Gips gegossen, vorweisen.

Wenn es überall Monster gibt, warum nicht auch in Sibirien? Seit 2007 verschwinden im Tschanysee in Sibirien regelmäßig Menschen, vorwiegend Fischer. Augenzeugen berichten, ein großes Ungeheuer mit langem Hals und riesigem Schwanz hätte die Männer in die Tiefe gezogen. Die Ähnlichkeit zum schottischen Nessie namen die Russen zum Anlass, das Monster auf den Namen *Nesski* zu taufen. Bereits 19 Todesfälle werden Nesski zugeschrieben. Da der See im Schnitt nur 2,2 Meter tief ist, müsste man das Monster eigentlich schon längst entdeckt haben, sollte es wirklich existieren.

Zum Schluss möchte ich noch über den *Mothman* schreiben. Er ist eine schwarze Gestalt mit riesigen Flügeln und leuchtend roten Augen. Er gilt als Prophet des Unglücks und taucht überall auf. Seit den 60er Jahren wurde er meist dort gesehen, wo kurz darauf eine Katastrophe passierte. Bevor in Tschernobyl das Kernkraftwerk explodierte, bevor in China der Banqiao-Damm brach, bevor die Silver Bridge über dem Ohio zusammenkrachte, überall wurde von dem Monster berichtet, das an eine riesige Eule oder Krähe erinnerte.

Fast jedes Land hat sein Monster und was haben wir dagegen zu halten? Den *Wolpertinger.* Aber vor dem fürchtet sich Niemand.

Immer mehr Menschen sind übergewichtig. Bei Flugzeugen sind die Sitzplätze für durchschnittlich 75 Kilo pro Person berechnet. Dasselbe gilt für Fahrstühle.

Dicke sollen mehr bezahlen

Es gibt Fahrstühle, wenn die überlastet sind, fahren sie einfach nicht los. Im deutschen Museum in München habe ich das erlebt. Alle drängten sich in den Fahrstuhl und wollten hinauf zum Observatorium. Der Fahrstuhl blieb aber stehen und eine rote Schrift leuchtete auf: *Überlastet.* Alle schauten auf mich und zeigten auf die Tür. Ich verstand, ich war der dickste und sollte aussteigen. Gegen diese Übermacht hatte ich keine Chance und stieg aus. Sofort fuhr der Fahrstuhl los. Dabei bin ich gar nicht dick.

Im Flugzeug gab es bisher kein Problem. Wenn das Flugzeug zu schwer wird, braucht es halt mehr Treibstoff und bleibt nicht einfach stehen. Aber in den USA, wo für die Menschen fliegen selbstverständlich ist, gibt es viele stark übergewichtige Menschen. Nun haben US-Gerichte entschieden, dass die Fluggesellschaften für solche Passagiere einen höheren Flugpreis verlangen dürfen. Braucht der Passagier mehr als einen Sitz kann die Gesellschaft den Preis für zwei Sitzplätze verlangen. Eine Kundin (150 Kilo) fühlte sich von der Southwest Airlines diskriminiert, weil sie aufgefordert wurde zwei Plätze zu bezahlen und zog vor Gericht. Das Gericht in Los Angeles gab aber der Gesellschaft recht und wies die Klage zurück. Muss man in Zukunft beim einchecken zuerst auf die Waage? In den Terminals werden bereits Waagen installiert.

Jetzt wird's noch kurioser
Die Bucket-Liste

Viele Leute haben sich eine Löffel-Liste gemacht, mit Dingen, die sie alle noch tun wollen, bevor sie in die Grube fahren. Auch ich habe eine, nicht ganz ernst gemeinte Liste, in dieser Geschichte erstellt.

Das englische kick the bucket heißt frei übersetzt: *Den Löffel abgeben.* Inzwischen findet man im Internet viele solcher Bucket-Listen oder Löffel-Listen, oder auch to-do-Listen. Darin ist aufgelistet, was man alles tun sollte, bevor man den Löffel abgibt.

Ganz Bescheidene haben nur eine Liste mit 10 Dingen aufgestellt. Andere haben 50 Positionen und ganz Verrückte sogar 200. Darunter sind auch ganz banale Dinge wie heiraten oder den Mount Everest besteigen, wobei das letzte einfacher ist.

Zum größten Teil geht es um Orte, die man auf der Welt einmal besuchen möchte. Das ist nur eine Frage der Zeit und der Finanzen. Einen weiteren Teil der Listen machen auch Risiko-Sportarten wie Bungee Jumping oder Rafting aus.

Ich habe in meinem Leben schon viele Orte gesehen und viele Dummheiten gemacht, aber es gibt auch einige Dinge, die ich versäumt habe.

Deshalb ist meine Liste nicht sehr groß, aber dafür um so verrückter. Hier ist meine Löffel-Liste:

Ich wollte schon immer mal ein Dixie-Klo umschmeißen, wenn es besetzt ist.

Ich wollte schon immer mal bei ALDI meinen Einkaufswagen bis oben hin voll machen und an der Kasse sagen: *Ich habe meinen Geldbeutel vergessen.*

Ich wollte schon immer mal auf einem Esel durch die Stadt reiten, am Besten an Himmelfahrt oder Fronleichnam.

Ich wollte schon immer mal einen alten Schuppen abfackeln. Ich weiß auch schon welchen. Er steht ganz in der Nähe und darin ist ein Hornissennest. Diese Biester ärgern mich im Sommer dauernd.

Ich wollte schon immer mal meinem Nachbarn mit roter Farbe auf die Tür sprayen: *Lass deine Köter vor deine eigene Tür scheißen.*

Ich wollte schon immer mal Blutspenden. Obwohl ich Blutgruppe Null habe, wurde ich abgewiesen. Es liegt an den vielen Medikamenten, die ich schlucken muss.

Ich wollte schon immer mal Organspender werden. Ich bekam aber keinen Ausweis, sondern wurde an eine Fabrik für Hundefutter verwiesen.

Ich wollte schon immer mal in ein Taxi steigen und auf die Frage, wohin soll's gehen, antworten: *Fahren sie nach Süden bis die ersten Palmen kommen.*

Ich wollte schon immer mal ein Instrument lernen. Die einzigen Instrumente die ich lernte waren Gewehr, Pistole, Maschinengewehr, Maschinenpistole und Panzerfaust.

Ich wollte schon immer mal in der Umkleidekabine rufen: *Gibt's bei ihnen auch kein Klopapier?*

Ich wollte schon immer mal einen Jaguar E-Type fahren, natürlich einen geklauten.

Ich wollte schon immer mal über glühende Kohlen laufen, natürlich mit Arbeitsschuhen und nicht mit nackten Füßen. Ich bin doch nicht blöd.

Ich habe es tatsächlich auf 12 Punkte gebracht. Aber, egal was ich mir vornehme, egal was ich tue, in Deutschland findet sich irgendwo ein Gesetz oder einen Verordnung, die das untersagt oder verbietet. Schade eigentlich.

Bonuspunkte

Die Fluggesellschaften fingen damit an und gewährten ihren Stammkunden Bonusmeilen. Danach kam Payback. Mit der Paybackkarte konnte ich bei den angeschlossenen Geschäften Punkte sammeln. Hatte ich 1000 erreicht, druckte ich mir einen Gutschein über 10 Euro aus. Diesen konnte ich dann bei DM oder Galeria Kaufhof beim Kauf verrechnen.

Inzwischen haben fast alle Apotheken nachgezogen, mit verschiedenen Prämiensystemen. In meiner Apotheke bekomme ich für jedes Rezept einen Stempel in meine Karte. Wenn diese voll ist (60 Stempel) kann ich mir eine Prämie aussuchen. Allerdings ist das Angebot an Prämien überschaubar. Was da angeboten wird habe ich schon oder kann es nicht gebrauchen. Vielen anderen Kunden ging es ebenso. Also hat die Apotheke reagiert und bietet nun für ein volles Heft 20 Euro, die man beim Einkauf in der Apotheke verrechnen kann. Eine gute Entscheidung.

Eine andere Apotheke gab ab einem Einkauf über 5 Euro Treuepunkte zum Aufkleben. Die konnte man sammeln. Dazu gab es jedes Jahr ein Prämienheft aus dem man verschiedene Prämien aussuchen konnte, je nachdem wieviele Punkte man gesammelt hatte. Inzwischen bietet diese Apotheke für 13 Punkte einen Gutschein über 13 Euro an. Das ist eine gute Idee.

Andere Apotheken geben Treueherzen, oder Goldtaler aus Papier. Aber das System ist überall gleich. In unserer Innenstadt sind die Apotheken so dicht konzentriert, dass sie den Kunden etwas bieten müssen. Auch die Bedienung ist dort viel freundlicher. In meinem Stadtteil ist nur eine Apotheke. Es fehlt die Konkurrenz. Dort gibt es auch keine Prämien. Deshalb gehen viele Patienten aus meinem Stadtteil in die Innenstadt mit ihren Rezepten.

Auch andere Geschäfte haben sich der Bonuswelle angeschlossen. Bei Penny gibt es nun auch eine Kundenkarte in die man Marken einkleben kann. Auch bei Bäckereien bekommt man beim Kauf eines Brotes einen Stempel in ein Kärtchen. Ist dieses voll, gibt es dafür ein Brot gratis.

Auch bei der Drogerie Müller hat man reagiert. Auf jeden Einkauf gibt es Rabatt. Dieser wird auf die Quittung aufgedruckt. Diese Abschnitte kann man sammeln (sie sind über 2 Monate gültig) und irgendwann verrechnen.

Bei DM gibt es das nicht, aber DM ist ja bei Payback angeschlossen. Wenn nun immer mehr Geschäfte mit Kundenkarten werben frage ich mich, wohin die ganzen Karten. Alle haben inzwischen Scheckkartenformat und Verwechslungen sind nicht ausgeschlossen. So gab ich beim Arzt zum neuen Quartal anstatt meiner Gesundheitskarte schon mal die Kundenkarte eines Geschäftes ab. Auch der Führerschein hat dasselbe Format. Wird man in der Nacht von der Polizei kontrolliert, ist es peinlich, wenn man anstatt dem Führerschein eine andere Karte abgibt.

Natürlich hat auch der Personalausweis dieses Format. Was passiert wohl, wenn die Polizei meinen Ausweis verlangt und ich gebe denen meine Paybackkarte. Unsere Polizisten verstehen keinen Spaß.

Diese System mit den Bonuspunkten kommt mal wieder woher? Aus den USA. Dort ist es jedoch ganz extrem geworden.

Die Firma Pepsi hatte einen Werbespot in dem darauf aufmerksam gemacht wurde, wenn man fleißig Bonuspunkte sammelt könnte man einen Harrier-Kampfjet gewinnen. Ein 24-jähriger aus Lynnwood nahm diese Reklame ernst und sammelte fleißig Punkte. Von anderen Kunden kaufte er die Punkte ab. Dafür gab er rund 1,3 Millionen aus. Das Geld dafür borgte er sich von Leuten, die ebenfalls scharf auf den 20-Millionen Senkrechtstarter waren. Als er 7 Millionen Punkte zusammen hatte fuhr er zu Pepsi und wollte den Jet abholen. Er wurde ausgelacht und musste ohne Kampfjet wieder nach Hause. Aber wir sind ja in den USA. Er zog also vor Gericht und welch ein Wunder - er verlor. Auch die Richter hielten den Werbespot nur für einen Gag. Außerdem hatte Pepsi die besseren Anwälte.

Das Wunschkennzeichen

Wenn man früher ein spezielles Autokennzeichen wollte, musste man die Beamten bestechen. Wenn das nicht funktionierte, einfach schmieren. Das geht immer. Manche legte da einen ganz schönen Betrag auf den Tresen.

Die Regierung sah nicht gern diese Korruption bei ihren kleinen Beamten und traf eine vernünftige Entscheidung. Jeder Autobesitzer sollte das Kennzeichen bekommen, das er möchte, sofern es noch frei war, natürlich gegen einen Aufpreis.

Viele machten davon Gebrauch. Die Männer wählten meistens das Geburtsjahr. Frauen wählten dagegen lieber Tag und Monat. Wenn man dann noch dazu die Initialen bekommt wird das perfekt. In meine Fall wäre mein Kennzeichen PF-KG-1945. Aber ich habe ja kein Auto, vielleicht kann das ein anderer gebrauchen.

Die Kennzeichen unserer Stadt lassen mit den Anfangsbuchstaben PF nicht viele Möglichkeiten zu. PF AD ist fad und PF AU ist mau. Da sind andere Städte schon besser dran. Bielefelder bevorzugen BI ER und mit der Zahl dahinter können sie auch noch darauf hinweisen, wieviel sie von ihrem Lieblingsgetränk im Jahr konsumieren.

Im Ruhrgebiet wählt man in Bochum gerne BO AH und in Gelsenkirchen GE IL. Dagegen wird in Duisburg das Wunschkennzeichen DU MM eher selten verlangt.

In Esslingen bietet sich ES EL an. In Stuttgart dagegen S AU. Die Köllner nehmen gerne K UH und die Kulmbacher auch.

Auch wenn man für das Wunschkennzeichen extra bezahlen muss, sollte man es tun. Sonst kann es passieren, dass man eines zugeteilt bekommt, das einem überhaupt nicht gefällt. Zum Beispiel in Ansbach AN AL. Also hier sollte man nicht am falschen Platz sparen.

Wir sind alle Lügner

Ein alter Spruch besagt: Wo man flüstert wird gelogen. Wo wird am meisten geflüstert? Im Beichtstuhl.

Die meisten Lügen beginnen mit zwei Worten: *Ganz ehrlich.....*

Diese Lügen haben wir alle schon mal gehört oder selbst ausgesprochen:

Ich ruf dich an.

Ich melde mich.

Ich tu das nie wieder.

Ich war das nicht.

Ich bin nicht dick.

Sie hören von uns.

Das Geld ist unterwegs.

Im Internet las ich, dass wir am Tag bis zu 200mal lügen. Diese Zahl erscheint mir doch etwas hoch. Aber ich werde es testen und mitzählen. Ich werde versuchen einen ganzen Tag nicht zu lügen.

Vor dem Haus traf ich auf meinen Nachbarn. *Hallo wie geht's?* fragte er. *Ausgezeichnet,* sagte ich. Verdammt, das war doch gelogen, mir ging es beschissen. Höflich meinte ich: *Du siehst großartig aus*. Das war ja schon wieder gelogen, er sah doch zum kotzen aus. Ich wünschte ihm noch einen schönen Tag und ging weiter. Das war schon wieder eine Lüge. Tatsächlich dachte ich, von mir aus kannst du verrecken.

Unterwegs traf ich eine Bekannte und begrüßte sie mit den Worten: *Du siehst ja hinreißend aus, wie eine 20-jährige. Und schicke Klamotten hast du an.* Dabei dachte ich, wie eine 20-jährige Kartoffel und die Klamotten hast du einer Vogelscheuche geklaut. Ohne nachzudenken hatte ich schon wieder gelogen. Sie kaufte mir aber die Lügen ab und ging gut gelaunt weiter. Wenigstens hatte ich heute einen Menschen glücklich gemacht.

Als ich an einer Imbissbude vorbeikam, legte ich eine Pause für eine Currywurst ein. Nachdem ich die Wurst verdrückt hatte, wollte ich mich auch verdrücken. Aber der Geschäftsführer hatte mich schon erspäht und verstellte mir den Weg. *Na, hat es ihnen geschmeckt, fragte er? Ausgezeichnet,* sagte ich und schob ihn zur Seite. Schon wieder hatte ich gelogen, die Wurst war angekokelt und halb verbrannt.

In der Fußgängerzone kam mir mal wieder ein älterer Herr mit einer Dogge entgegen. Der Hund war riesig und der Herr konnte ihn kaum halten. Die Dogge sprang an mir hoch und legte mir ihre

Pfoten auf die Schultern. Der Herr meinte sofort: *Keine Angst, der beißt nicht, der will nur spielen.* Das waren ja zwei Lügen in einem Satz. Dann fragte der Herr: *Sind sie jetzt sauer? Nein*, sagte ich, *ich bin nicht sauer, ich liebe Hunde.* Dabei dachte ich ganz anders: *Natürlich bin ich sauer, du Rindvieh. Und Hunde mag ich überhaupt nicht.* Da waren nochmal zwei Lügen in einem Satz und es war noch nicht mal Nachmittag.

Nun gab ich mein Vorhaben auf und zählte nicht mehr mit. Ich fürchte, am Ende des Tages wäre ich der Zahl 200 doch ziemlich nahe gekommen. Ich werde versuchen, in Zukunft weniger zu lügen. Auch das ist gelogen.

Damit hat keiner gerechnet

Nach dem Pferdefleischskandal wurden nun in vielen Ländern massiv Lebensmittel auf ihre Inhalte überprüft. Dabei gab es erstaunliche Ergebnisse.

In Island untersuchte die Lebensmittelaufsicht eine Fleischpastete. In der Pastete war kein Pferdefleisch, sondern überhaupt kein Fleisch enthalten. In Italienischen Lamm- & Rindklößchen war keine Spur von Rind nachzuweisen. Und im Französischen Knoblauchteller waren allerlei Zutaten, aber kein Knoblauch.

Für diese Ergebnisse waren aufwendige Laboruntersuchungen nötig. Der Verbraucher hat diese Möglichkeit nicht.

Jetzt brauchen wir nicht mehr zu befürchten, was im Essen drin ist, sondern was nicht drin ist. Wir brauchen auch gar nicht zu wissen, was im Essen drin ist. Wir müssen es nur glauben.

Das Experiment

Vor zwanzig Jahren wurde ein ungewöhnliches Experiment gestartet. In 20 europäischen Großstädten wurden jeweils 10 Geldbörsen mit umgerechnet 100 Mark, Familienfotos und Adressen der Besitzer so verteilt, dass der Finder annehmen musste, sie seien verloren gegangen. Im Schnitt wurden 6 von 10 Geldbörsen zurückgegeben. Dabei gibt es aber von Stadt zu Stadt gewaltige Unterschiede.

In Oslo (Norwegen) und Odense (Dänemark) wurden alle Geldbörsen zurückgegeben. Dort gibt es wohl die ehrlichsten Menschen. In Lahti (Finnland) waren es immerhin noch 8 Geldbörsen. In London, Stockholm, Wien und Stuttgart wurden 7 zurückgegeben. In Paris, Brüssel und Den Haag aber nur noch 5. Am unehrlichsten waren die Leute in Lausanne, Weimar und Ravenna. Dort wurden nur noch zwei Geldbörsen zurückgegeben.

Nun, zwanzig Jahre später, wurde das Experiment in den gleichen Städten wiederholt. Diesmal gab es keine regionalen Unterschiede. In allen Städten wurde keine einzige Geldbörse zurückgegeben. Die Welt hat sich verändert.

Inflationsgeld

Pech hatte ein 21-jähriger in Fort Worth, Texas. Er betrat eine Bankfiliale und legte einen Scheck über 360 Milliarden Dollar vor. Er verlangte umgehend die Auszahlung. Die Banker reagierten nicht wie erwartet, sondern lachten ihn aus und riefen die Polizei. Natürlich war der Scheck gefälscht. Aber wie wollte er das Geld eigentlich transportieren? Hätte er das bei einer deutschen Bank versucht wäre es anders ausgegangen. Die Banken haben als Anschauungsobjekte immer eine Reihe von Geldscheinen aus der Hyper-Inflation von 1923. Darunter Scheine mit 100, 200, 500 Milliarden, 10, 50 und 100 Billionen. Sie hätten dem Freak einen Schein über 100 Billionen gegeben und gesagt: *Mit dem Rest machen sie sich einen schönen Abend.*

Kuriose Aprilscherze

Als Kinder machten wir uns wochenlang Gedanken über Aprilscherze. Irgendetwas originelles kam immer dabei heraus. Für die heutigen Jugendlichen bestehen die Aprilscherze leider nur noch aus Vandalismus. Auch den Medien fällt nur noch Banales zum 1. April ein. Trotzdem gibt es manchmal geniale Einfälle. Hier lesen sie drei der besten Aprilscherze der letzten Jahrzehnte.

Drei Kriegsschiffe

Bei der israelischen Marine bekamen drei Kriegsschiffe in Haifa den Befehl, am 1. April zu einem Manöver vor der italienischen Küste auszulaufen. Der Einsatz sollte zehn Tage dauern. Da man beim Militär ziemlich humorlos ist kam keiner auf die Idee, es könnte sich um einen Aprilscherz halten.

Einen Tag zuvor bereiteten die Seeleute alles vor. Angehörige wurden benachrichtigt, die Schiffe wurden geputzt, betankt und Lebensmittel wurden gebunkert. Am 1. April war alles klar zum Auslaufen und die Besatzungen sind auf Deck angetreten. Plötzlich hieß es April-April. Das ganze hatte sich der Marine-Chef ausgedacht. Das Oberkommando verstand keinen Spaß und reagierte sofort. Nun ist der Marine-Chef nicht mehr Chef der israelischen Marine.

Nessie

Ein anderer genialer Aprilscherz wurde von Loch Ness gemeldet. Forscher hatten die Leiche von Nessie, dem Monster von Loch Ness, gefunden. Ein achtköpfiges Forscherteam aus Yorkshire plante für diesen Tag eine Expedition. Sie wollten, wie schon viele vor ihnen, die Existenz von Nessie beweisen. Sie waren gerade bei der Vorbereitung, da kam ein Anruf. Jemand habe einen großen Buckel im See gesichtet.

Die Forscher fuhren sofort zum See und fanden die Leiche von Nessie. Die Nachricht verbreitete sich über das Internet schnell auf der ganzen Welt und alle Sender schickten Aufnahmeteams zum Loch Ness.

Einheimische beschrieben den Reportern ein grünes Wesen mit einem entsetzlichen Kopf, halb Bär, halb Seehund. Am Ende stellte sich heraus, das tote Tier war ein See-Elefant, der kurz zuvor im Zoo von Yorkshire verstorben war. Kollegen der Forscher wussten von der geplanten Expedition, konservierten die Leiche und brachten sie mit einem Transporter in der Nacht zum Loch Ness. Um sicher zu gehen, dass das Monster auch gefunden wurde, gaben sie den telefonischen Tipp. Das war ein gelungener Aprilscherz, der niemand schadete. Allerdings wurde das Forscherteam nun zum Gespött im ganzen Königreich.

Hundekot-Datenbank

Eine weitere Meldung kam aus München. Dort hat man ein großes Problem mit Hundehaufen in der Innenstadt. Obwohl überall diese Hundestationen (Dog-Station) mit Beuteln für den Hundekot stehen, wird davon kaum Gebrauch gemacht. Nun musste die Stadtverwaltung etwas unternehmen und plante, eine Datenbank mit der DNA der Hunde einzurichten. Alle Hundehalter wurden aufgefordert eine Stuhlprobe ihres Lieblings beim Ordnungsamt abzugeben. Die Proben werden analysiert und die Werte in die Dog-Datenbank eingegeben. Damit kann in Zukunft jeder Haufen zugeordnet und der Verursacher ermittelt werden. Das klang eigentlich ganz vernünftig. Tatsächlich kamen am 1. April einige Dutzend Männer und Frauen mit Kotbeuteln auf das Ordnungsamt. Als man sie aufklärte, dass es sich um einen Aprilscherz handelte, gingen sie wieder. Ihre Kotbeutel ließen sie aber im Flur zurück und zwar alle. Und das war kein Scherz.

Kuriose Zeugenaussagen
Die Kalaschnikoff

Manchmal sind die Aussagen von Augenzeugen zweifelhaft. Besonders dann, wenn die Zeugen nur beim vorbeifahren kurz etwas gesehen haben und den Rest hineininterpretieren. Aber Polizei und Rettungskräfte müssen trotzdem jedem Hinweis nachgehen.

Auf der bayerischen Autobahn sah ein Zeuge in einem anderen Auto ein automatisches Schnellfeuergewehr. Er verständigte daraufhin die Polizei. Zehn Streifenwagen und ein Polizei-hubschrauber verfolgten über 50 Kilometer den verdächtigen PKW. Als sie den Fahrer endlich stellen konnten erlebten sie eine Überraschung. Die vermeintliche Kalaschnikoff war eine große Salami.

Gangster-Biber

Eine Zeugin meldete der Polizei einen PKW mit einem vermummten Verbrecher. Drei Streifenwagen rückten aus und umstellten das verdächtige Fahrzeug. Darin saß - ein großer Biber aus Plüsch. Aus seinem Mund ragten zwei riesige weiße Nagezähne.

Der Überfall

Im englischen Manchester saß eine Frau oben in einem Doppeldeckerbus. Von dort aus sah sie den Besitzer eines Ladens auf dem Boden liegen, als würde er von jemand mit der Waffe bedroht. Sie verständigte sofort die Polizei. Die Beamten rückten aus und fanden einen muslimischen Kaufmann, der sein Nachmittagsgebet verrichtete.

Seenot

Schlimmer kam es im englischen Badeort Whitby. Mehrere Zeugen meldeten der Küsten-wache, draußen auf See brenne ein Schiff und Menschen springen in Panik ins Meer. Sofort fuhr ein Rettungsboot hinaus, um zu helfen. Was sie dann aber vorfanden war kein brennendes Schiff, sondern ein Ausflugsboot, auf dem gegrillt wurde und Menschen, die zum Baden ins Wasser sprangen.

Der nasse Teddybär

In Leipzig rief eine Frau ganz aufgeregt bei der Polizei an und berichtete, ein Nachbar hätte sich im 10. Stock eines Hochhauses aufgehängt. Die Beamten gingen der Meldung nach und fanden einen großen Teddybären, der nach dem Waschen zum Trocknen aufgehängt worden war.

Kurioses Tiergeschichten
Schäferhund drehte durch

Ein Schäferhund war in der kroatischen Stadt Opatija auf Katzenjagd. Dabei beschädigte er 5 geparkte Autos. Die Katze, hinter der er her war, flüchtete unter ein Auto und war für ihn unerreichbar. Voller Wut zerfetzte der Hund zunächst den Kühlergrill, dann biss er sich durch Keilriemen und Schläuche in Richtung Motor vor. Anschließend wandte er sich vier weiteren Autos zu, die ähnlich beschädigt wurden. Als die Polizei kam haute er ab.

Jack Russel rastete aus

Gockel Franzi aus Roßdorf musste dran glauben, weil eine Frau ihren Jack-Russell-Terrier nicht unter Kontrolle hatte. Der hatte sich unter dem Zaun durchgewühlt und Franzi zerfetzt. Vielleicht ging ihm das Geschrei des Gockels auf die Nerven. Allerdings mussten auch ein paar Hühner dran glauben. Die überlebenden Hühner waren so traumatisiert, dass sie keine Eier mehr legten. Die Hundebsitzerin hatte sich entschuldigt und Geld für den Schaden angeboten. Aber das machte Franzi auch nicht wieder lebendig.

Ein Hund sah rot

Ein Autofahrer hatte seinen roten Golf in einem Hof in Bernried abgestellt und das hatte einem Hund wohl nicht gepasst. Er ging auf das Auto los, zerkratzte es großflächig bis aufs Metall und zerbiss auch noch die beiden vorderen Reifen. Auch das Nummernschild und Anbauteile waren vor dem wütenden Hund nicht sicher. Alles in allem entstand ein Schaden von 3000 Euro. Aber keiner weiß, welcher Hund das war und wem er gehörte. Allerdings lief in dieser Nacht ein Streuner gegen das Auto eines Polizisten. Vielleicht kam daher die Aggression gegen Autos?

Polizeihund fraß Hamster

In England wurde die Wohnung eines Mannes durchsucht, da er einer Straftat verdächtigt war. Der mitgebrachte Polizeihund benahm sich ungeschickt und stieß den Hamsterkäfig um. Der kleine Hamster versuchte noch zu flüchten, aber der Hund war schneller und schnappte sich den Nager. Der Hundeführer konnte seinen Hund noch dazu bringen, den Hamster wieder auszuspucken, aber zu spät. Der Hamster hatte den Biss nicht überlebt. Ob der Diensthund nun suspendiert wurde ist nicht bekannt.

Wildsau raste durch den Ort

Ein Wildschwein sauste durch Bad Endbach in Mittelhessen, demolierte ein Elektrogeschäft, brach in ein Haus ein, lief wieder auf die Straße und stieß dort mit einem Auto zusammen. Danach flüchtete die Bache in eine Autowaschanlage und dann zurück in den Wald. Das alles hat nur eine einzige Sau angerichtet. Was passiert wohl, wenn eine ganze Rotte den Ort besucht?

Elefanten demolierten Dorf

In Indien rastete eine ganze Elefantenherde aus und verwüstete ein kleines Dorf. Die Elefanten wurden von dem Geruch von Mahua-Fruchtlikör angelockt, von dem 18 volle Container im Dorf standen. Nachdem die Elefanten die Container völlig geleert hatten, fielen sie über das Dorf her und plünderten einen Schnapsladen. Auf der Suche nach mehr zogen sie durch das Dorf und hinterließen eine Spur der Verwüstung.

Krimineller Hamster

Durch einen Fehler in einer US-Nachrichten-sendung wurde ein unschuldiger Hamster zum Mordverdächtigen. Während eines Berichtes über einen Kriminellen in Florida wurde anstelle des Fotos des mutmaßlichen Mörders das Bild ei-nes Hamsters eingeblendet. Dieser schaute dabei ziemlich dämlich aus der Wäsche. Ob er etwas geahnt hat?

Der 12. Geschworene

Ganz verrückt wurde es in den USA als die Geschworenen zu einem Schwurgericht einberu-fen wurden. Dabei versuchen die Richter immer Menschen aus verschiedenen sozialen Schichten zu bestimmen. Diesmal war unter den Geschwo-renen eine Hauskatze. Als ihre Besitzerin dem Gericht mitteilte, dass ihr Haustier *Tabby Sal* nicht sprechen kann und auch kein englisch ver-steht bekam sie die Nachricht, dass *Tabby Sal* verpflichtend zu dem Prozess am 23. März zu er-scheinen habe.

Judo-Bär

Ein wilder Bär kann im Judo-Land Japan schon mal sein blaues Wunder erleben. Ein 73-jähriger Bauer war gerade beim Pilzesammeln, als sich plötzlich ein Kragenbär heranschlich. Der Bauer fuhr herum, packte den Bären und legte ihn mit einem Tomoenage-Griff aufs Kreuz. Judo kannte der Bauer allerdings nur aus dem Fernsehen. Der Bär war so erschrocken, dass er davonrannte.

Der Beweis

Einen Schuldigen zu finden, der sich nicht selbst entlasten kann, ist die einfachste Art, ein Verbrechen aufzuklären. Dies geschah in den USA. Dort wurde ein Bär verdächtigt, für eine Reihe von Autoeinbrüchen verantwortlich zu sein. In der Gegend um North Conway häuften sich die Einbrüche in Autos, was die Dienststelle für Fischfang und Jagd auf den Plan rief. Diese hielt einen Bären auf Futtersuche für den Hauptverdächtigen. Mehrere Zeugen beschrieben den Verdächtigen als *schwarz* und *haarig*. Das reichte als Beweis, obwohl es auf viele Menschen zutreffen würde.

Ein Alligator auf dem Grün

Ein Golfer kam aus dem Staunen nicht mehr heraus, als ihm beim Golfspiel auf dem Buffalo

Creek Golfplatz in Florida ein fünf Meter langer Alligator begegnete. Der watschelte in aller Seelenruhe über das Grün. Der Golfer glaubte erst an einen Scherz und filmte das riesige Reptil mit seinem Smartphone. Aber der Alligator war echt. Er ist ein alter Bekannter auf dem Golfplatz und zieht dort bereits seit Jahren seine Runden. An Menschen und an Golf hatte er kein Interesse und wurde als ungefährlich eingestuft. Im Golfclub ist er inzwischen bereits das Maskottchen. Schlägt man aber einen Ball ins Wasser, ist es ratsamer, nicht danach zu suchen.

Xavi der Esel

In Kolumbien planten Ganoven einen Raubzug. Da Fluchtautos dort sehr rar sind entschieden sie sich für einen Esel. Das war keine gute Idee. Xavi, so hieß der Esel, war nicht nur zu langsam, sondern auch noch störrisch. Sein lautes Geschrei rief die Polizei auf den Plan und beendete den gut geplanten Raubzug. Wer schon mal einen Esel schreien hörte, wird diese Geschichte verstehen.

Der tote Mops

Einen Diebstahl besonderer Art beging ein Ganove in der Münchner U-Bahn. In der U-Bahn saß eine Dame mit einer Prada-Tüte. Der Gauner dachte, in der Tüte steckt etwas wertvolles und klaute sie. Fehlanzeige, in der gemopsten Tüte steckte ein toter Mops.

Sein Frauchen war mit ihm in der Münchner Innenstadt unterwegs gewesen, als er direkt vor dem Prada-Laden einen Schlaganfall erlitt. Der Mops war sofort tot. Der Dame blieb nichts anderes übrig, als im Prada-Laden um eine große Tüte zu bitten und den toten Mops mit der Tüte nach Hause zu nehmen. Was der Ganove mit dem geklauten Mops machte ist nicht bekannt.

Der Pflegehund

Ein Erlebnis besonderer Art hatte ein 32-jähriger in Wesel mit einem Hund. Eine befreundete Familie wollte verreisen und bat ihn, ihren Hund in Pflege zu nehmen. Das tat er auch und als die Bekannten wieder zurück waren, brachte er den Hund wohlbehalten zurück. Damit wäre diese Geschichte zu Ende, gäbe es da nicht eine überraschende Wendung. Als der 32-jährige den Hund wieder los war befürchtete er, das Tier könnte ihm Flöhe hinterlassen haben. Er besorgte sich 5 große Dosen Insektenspray und versprühte alle restlos in seiner Dachgeschoßwohnung in einem Mehrfamilienhaus.

Nach der Sprayaktion verließ er die Wohnung, er wollte sich ja nicht vergiften. An seine laufende Waschmaschine dachte er nicht mehr. Beim umschalten in ein anderes Waschprogramm brachte ein Funke das Gas-Luft-Gemisch in der Wohnung zur Explosion. Die Detonation riss ein 25 Quadratmeter großes Loch in das Dach. Ob dabei auch die Flöhe vernichtet wurden ist nicht bekannt.

Sauerei

Auch in dieser Geschichte geht es um ein Tier und zwar um eine Mini-Sau. Bei der Polizei in Neukölln rief eine Frau an und meldete: *In meinem Hof ist ein herrenloses Schwein.* Zwei Beamte fuhren los, fingen die Mini-Sau ein und brachten sie zur Tiersammelstelle Berlin-Lichtenberg. Im Veterinäramt fanden sie einen Hinweis auf die Halterin der Mini-Sau. Es war die Dame, die bei der Polizei angerufen hatte. Die Ermittlungen ergaben, dass die Sau unsachgemäß in der Wohnung gehalten wurde. Außerdem hatten sich bereits Mitbewohner über die Sau beschwert.

Die Halterin wollte das Schweinchen ohne Umstände loswerden. Nun erwartet sie eine Anzeige wegen Verstoß gegen das Tierschutzgesetz. Die arme Sau.

Das Nashorn

Nun ist ein Nashorn an der Reihe, allerdings ein ausgestopftes. Das Nashorn stand in einem Bonner Museum und war frei zugänglich. Nun hatten sich Diebe etwas Besonderes ausgedacht. Sie wollten nicht das ganze Nashorn klauen, sondern nur sein wertvollstes Stück. Sein Horn. Der Wert des Horns beträgt auf dem Schwarzmarkt 50.000 Euro pro Kilo. Die Ganoven sägten das gute Stück ab und verschwanden damit. Große Freude an ihrer Beute werden sie wohl nicht gehabt haben, denn das Horn war aus wertlosem Gips. Die Museumsleitung hatte das Horn längst durch ein nachgemachtes aus Gips ersetzt.

Hoffentlich denken die Ganoven jetzt nicht, die weiße Substanz innen im Horn wäre Koks. Dann würden sie einen zweiten Fehler machen.

Die Fledermaus

In Großbritannien gibt es eine Fledermaus, die als seltenste ihrer Art gilt. Es ist die Bechstein-Fledermaus. Als ein Exemplar dieses winzigen Säugers auf Schloss Carisbrooke auf der Isle of Wight entdeckt wurde, reisten britische Wissenschaftler an um das Tier zu sehen. Die Begeisterung unter den Gelehrten war riesengroß, fand aber ein jähes Ende, als die seltene Fledermaus vor den Augen der Wissenschaftler von der Hauskatze gefressen wurde.

Und zum Schluss......

Wer erinnert sich noch an die ehemalige DDR? Hier eine kleine Sammlung von kuriosen Wörtern von A bis Z.

DDR von A bis Z

Abhauen - illegal das Hoheitsgebiet der DDR verlassen, um in die BRD umzusiedeln.

Abkindern - wer in der DDR heiratete, bekam einen zinslosen Ehekredit über 5000, später 7000 Ostmark. Die Schulden daraus wurden werdenden Eltern mit der Geburt eines Kindes zum Teil, bei drei Kindern vollständig erlassen.

Abschnittsbevollmächtigter (ABV) – Volkspolizist mit Zuständigkeit für ein bestimmtes Wohngebiet.

Aktendulli – ursprüngliche, in der DDR erhalten gebliebene Bezeichnung für den Heftstreifen.

Aktivist - Auszeichnung für alle immer fleißig zum Wohle ihres soz. Vaterlandes arbeitenden Staatsbürger. Im Schrank fast jeden Ur-Ossis zu finden.

Aktuelle Kamera - die Tagesschau des Ostens. Da die Innenpolitik der DDR stetig unaufhaltsam auf dem Wege des Sozialismus voranschritt, bestand der Hauptteil der News aus Plankennziffern und Staatsbesuchen.

Altstoffsammlung – Sammeln von Sekundärrohstoffen (Altpapier, Alttextilien und Gläsern), meist durch Kinder.

Antifaschistischer Schutzwall - Mauer, mit der die Westberliner eingesperrt waren.

Apparatschik - abwertende Bezeichnung für einen DDR-Funktionär.

Arbeiterschließfach - Neubauwohnung in den Plattenbauten der Trabantenstädte.

Aufschwung-Ellipse – abfällige Bezeichnung für das (karriereförderliche) elliptische SED-Parteiabzeichen.

Berufsjugendlicher - spöttisch für einen der zahlreichen FDJ-Funktionäre in der DDR, die erheblicher älter waren, als es die vorgeschriebene Altersgrenze von 35 Jahren erlaubte.

Beschwerdebuch - Gästebuch in Gaststätten.

Betriebskampfgruppe - Eigentum verpflichtet - so wie heute jeder Fabrikeigentümer seinen privaten Wachschutz hat, so hatte jeder volkseigene Betrieb seine Hobby-Kalaschnikow-Schützen.

Blaue Eminenz – umgangssprachliche ironische Bezeichnung der Volksbildungsministerin Margot Honecker, so genannt wegen ihrer markanten blau-violetten Haartönung, auch Lila Drache genannt.

Blaue Fliesen - nannte man den 100 DM-Schein (West). Damit konnte der DDR-Bürger im Intershop Westwaren einkaufen oder begehrte Handwerkerleistungen bekommen.

Blockflöten - Ironisch für Mitglieder der in der Nationalen Front der DDR bis 1989 zusammengefassten Blockparteien (CDU, DBD, LDPD, NDPD).

Broiler - Brathähnchen. Eines der wenigen aus dem Englischen übernommen Wörter, das Ossis kennen, Wessis dagegen nicht.

Bückware - Ware, die nur über Beziehungen (Westgeld) zu bekommen war. Sie lag versteckt unter der Theke, Verkäufer mussten sich also bücken, um sie hervorzuholen.

Delikat-Laden (kurz: Deli) - Lebensmittelgeschäft, in dem vornehmlich Waren aus dem nicht-soz. Währungssystem für Ostgeld angeboten wurden.

Edescho – Erichs Devisenschoner – ironische Bezeichnung für den Kaffee-Mix, eine während der Kaffeekrise in der DDR angebotene Mischkaffeesorte mit 50-prozentigem Ersatzkaffeeanteil. Anspielung auf die Westmarke Eduscho.

Erntekapitän – ideologisch gehobene Bezeichnung für Mähdrescherfahrer (beider Geschlechter), Insbesondere während der arbeitsintensiven Zeit der Ernteschlacht.

EVP - Der Endverbraucherpreis einer Ware konnte auf derselben aufgedruckt werden, da sie überall und in jedem Laden den gleichen Preis hatte. Was der Ossi heutzutage zeitlich an Schlangestehen einspart, geht nun für Preisvergleiche wieder drauf.

Exquisit-Laden (kurz: Ex) - etwas teueres Bekleidungsgeschäft, womit der zu große Geldumlauf in der DDR abgeschöpft werden sollte.

Ferkeltaxe - nannte der Volksmund die Schienenomnibusse der Deutschen Reichsbahn. Kleine Triebwagen, die einst zahlreich zwischen Ostsee und Thüringer Wald unterwegs waren. Der VEB Waggonbau Bautzen fertigte ab Ende der 50er Jahre diese zweiachsigen Triebwagen, die hauptsächlich auf Nebenstrecken im ländlichen Raum fuhren und in denen wie man hört längst nicht nur Menschen nebst Gepäck, sondern auch handliches Kleinvieh - u.a. eben oft auch Ferkel - transportiert wurden.

Flebben - Lappen. Also die Fahrerlaubnis in der Umgangssprache.

Freilenkung von Wohnraum – Umschreibung für staatliche Einflussnahme auf Beendigung und Neubegründung von Mietverhältnissen

Grilletta - ein Hamburger (der zum essen).

Horch & Guck - die Stasi. Ein Schaudern läuft über den Rücken des Lesers.

Jägerschnitzel - In Kantinen kam es fast schon zu Revolten, als Wessies statt des erwarteten Schnitzels mit Pilzen diese panierte Jagdwurstscheibe bekamen.

Klappfix - Zelt, welches an seinen PKW-Anhänger anmontiert ist und somit schneller aufgestellt werden kann.

Kundschafter für den Frieden - DDR-Spion.

Ludmilla - Spitzname der Diesellokomotive DR-Baureihe 130 aus sowjetischer Produktion.

Mausefix – scherzhafte Bezeichnung, angelehnt an Klappfix, für einen offenen Pkw-Anhänger, mit dem hauptsächlich (teils illegale) Transporte von Baustoffen, Holz, Kartoffeln erfolgten. Abgeleitet von mausen (stehlen). Entsprechende Hand- und Fahrradwagen wurden auch Klaufix genannt.

Mumienexpress - die Interzonenzüge mit Rentnern, die in den Westen zu Verwandten reisen durften. Man rechnete damit, dass sie auch dort bleiben und man so Kosten sparen könnte. Die Rechnung ging nicht auf. Alle kamen wieder zurück.

Neufünfländer - so nannte man nach 1990 die Bewohner der ehemaligen DDR. Die Ähnlichkeit mit der zotteligen Hunderasse war rein zufällig.

Ochsenkopfantenne – Fernsehantenne zum Empfang des Westfernsehens, nach dem Sender auf dem Ochsenkopf im Fichtelgebirge.

Palast - Palast der Republik in Berlin. Andere Bezeichnungen Erichs Lampenladen oder Palazzo Prozzo.

Rinderoffenställe - grandiose Erfindung die die DDR in den 50ern ausprobierte. Der Stall hatte keine Wände und im Winter vereiste die Kuh in ihrer eigenen Sch...

Rotlichtbestrahlung - so nannte man die Propaganda auf Gewerkschafts- oder Parteiversammlungen.

Schwarzer Kanal - Show von Karl Eduard von Schnitzler (Sudel-Ede) im DDR-Fernsehen. In dieser Propaganda-Sendung machte er alle Produkte schlecht, die aus dem Westen kamen. Als Funktionär durfte er jedoch nach West-Berlin reisen und dort im KDW für sich die Produkte einkaufen, die er in seiner Sendung schlecht machte. Vom Volk wurde er spöttisch Sudel-Ede genannt. In politischen Witzen war Sudel-Ede auch als Karl-Eduard von Schni bekannt, weil jeder auf einen anderen Sender umschaltete, noch bevor der Name ganz ausgesprochen werden konnte.

Specki-Tonne - Abfallkübel für kompostierbare Essensreste. Sparte Futter bei der Tierhaltung.

Stoffidas – scherzhafte Bezeichnung für weiche Sportschuhe aus Stoff mit Gummisohle. Der Name war abgeleitet von Adidas. Preis 2,75 Mark.

Tal der Ahnungslosen - Gegenden in der DDR, in denen kein Westfernsehen zu empfangen war. Diese Bezirke hatten die höchsten Ausreisezahlen.

Wehrlager - eine Art Ferienlager, in dem man sein Goldenes Schießabzeichen mit einer Kalaschnikoff machen konnte.

Weiße Maus - Verkehrspolizist. Wurde wegen seiner weißen Mütze so genannt.

Zentralorgan - Zeitung, die verkündete, welche polit. Meinung für die berufliche Karriere vorteilhaft war. Im Osten war's das Neue Deutschland (ND).

Und nun lasse ich die Welt untergehen. *Am 30. Mai ist der Weltuntergang, wir leben nicht mehr lang, wir leben nicht mehr lang.* Das haben wir als Kinder immer gesungen. Aber ernst gemeint war das nicht.

Der Weltuntergang

Irgendwann hat dieser Unsinn angefangen. Ich glaube es war Jesus, der als Erster den Weltuntergang verkündete: *Wahrlich ich sage euch, es stehen einige hier, die werden den Tod nicht schmecken, bis sie sehen das Reich Gottes kommen mit Kraft.* Nach der Auferstehung ihres Herrn erwarteten die Gläubigen den jüngsten Tag mit jeder Stunde. Und so warten sie noch heute........

Als die Römer unter der Führung des Titus im Jahre 70 n.Chr. Jerusalem einnahmen und den Tempel zerstörten sahen viele das Ende aller Zeiten gekommen. Es kam......... nichts.

500 n.Chr. Der Gegenpapst, der Heilige Hippolytus ging davon aus, dass die Erde 5500

v.Chr. erschaffen wurde und insgesamt 6000 Jahre alt werden würde. Im Jahr 500 n.Chr. war es dann soweit, aber die Welt ging nicht unter.

800 n.Chr. Viele christliche Propheten datierten den Beginn der Großen Woche auf das Jahr 5200 v.Chr. und legten somit auch das Ende fest, 800 n.Chr. Aber wieder passierte nichts.

979 n.Chr. Der Mönch Abbo von Fleury studierte die Offenbarung des Johannes und errechnete den Weltuntergang für das Jahr 979 n.Chr. Auch er irrte sich.

992 n.Chr. In diesem Jahr fielen Mariä Verkündigung und Karfreitag zusammen - Geburt und Tod. Die Welt ging nicht unter.

999 n.Chr. Der damals amtierende Papst Sylvester II verkündete, dass um Mitternacht des 31. Dezember 999 die Welt untergehen würde. In der christlichen Welt brach eine Massenhysterie aus. Horden von Räubern plünderten das Land und der Pöbel forderte lautstark die Hinrichtung von Zauberern und anderen suspekten Gestalten. Am nächsten Tag beruhigte sich das Volk wieder. Und was tat Papst Sylvester II. Er zog sich aus der Affäre indem er behauptete, nur seine Gebete hätten den drohenden Weltuntergang verhindert.

1000 n.Chr. war wieder so ein denkwürdiger Termin. Nach der Prophezeiung des Johannes waren es 1000 Jahre bis zur Apokalypse. Kaiser Otto der III, der mächtigste Mann seiner Zeit kroch auf dem Bauch herum und gelobte, Mönch zu werden, wenn sich dadurch das Jüngste Gericht aufhalten lasse. Ob er dann tatsächlich ins Kloster ging ist nicht bekannt.

1033 n.Chr. war wieder so ein Termin. Nun gingen die Gelehrten davon aus, dass die von Johannes erwähnten 1000 Jahre erst vom Tod Christus an zu zählen seien. Also im Jahr 1033. Wieder passierte nichts.

1169 n.Chr. meldeten sich nun die Astronomen. In diesem Jahr waren alle Planeten in einem Sternbild, der Waage, versammelt. Ein sicheres Ereignis, das den Weltuntergang einleiten sollte. Was passierte? Nichts.

Nach Jahrhunderten der Ruhe meldeten sich 1524 die Astronomen wieder. Am 1.2.1524 trafen sich die Planeten Jupiter, Saturn und Mars im Sternbild der Fische - ein sicheres Zeichen für eine Sintflut. Davon beeindruckt flüchteten 20.000 Londoner auf die umliegenden Hügel. Am 2.2. zogen sie mit trockenen Füßen wieder in die Stadt.

Dann meldete sich Martin Luther zu Wort. Er ließ gleich mehrmals die Welt untergehen. das erste Mal 1532 n.Chr. Als die Welt nicht unterging korrigierte er seine Prophezeiung um 6 Jahre auf 1538 n.Chr. Auch da passierte nichts. Nun korrigierte er sich nochmal auf 1541. Wieder lag er falsch. Nun ließ er sich nicht mehr auf einen genauen Termin festlegen.

Wieder war längere Zeit Ruhe. Dann kamen die Zahlenmystiker mit einem neuen Termin 1666 n.Chr. Die Zahl 1666 setzt sich zusammen aus 1000 (Apokalypse) und 666 (Die Zahl des Tiers). Auch sie hatten unrecht.

Im Jahr 1818 verkündete der amerikanische Baptistenprediger den Weltuntergang für den 21. März 1844. Diesen Termin habe er aus der Bibel errechnet. Eine Million Menschen glaubten ihm und verschenkten Hab und Gut, was sie am 22. März 1844 wohl schwer bereut haben. Der Prediger entschuldigte sich. Er wäre falsch verstanden worden, er hätte die Reinigung durch Christus gemeint.

Der nächste, der den Weltuntergang voraussagte war Reverend Edward Irvin. Er nannte das Jahr 1864. Aus seinen Anhängern ging später die Neuapostolische Kirche hervor.

Nun hielten sich auch die Zeugen Jehovas nicht mehr zurück und sagten gleich mehrmals den Weltuntergang bevor. Im Jahr 1874 n.Chr. sollte für die Zeugen Jehovas nach Aussagen ihres Gründers Charles Taze Russell die Welt zum ersten Mal untergehen. Als bis Ende des Jahres nichts passierte verlegte er den Weltuntergang rasch auf den 1. Oktober 1914.

1835 meldete sich auch Joseph Smith, Gründer der Mormonen auf einer Versammlung zu Wort: Das Kommen des Herrn ist nahe, es sollen noch 56 Jahre bis dahin vergehen. Die 56 Jahre vergingen und der Herr ließ sich nicht blicken.

Gleich mehrere Weltuntergangsexperten waren sich einig, es ist der 17. Mai 1910 um Mitternacht. Der Halleysche Komet näherte sich zum 27. Mal seit seiner ersten Beobachtung der Erde. Tausende Menschen versammelten sich in Kirchen und beichteten ihre Sünden. Hunderte begingen Selbstmord. Andere verschenkten Hab und Gut oder gaben sich einem Vergnügungstaumel hin. Die ganze Aufregung war umsonst. Der Komet flog vorbei und die Welt gab es immer noch.

1914 n.Chr. verkündigten die Zeugen Jehovas wieder einmal auf Grund neuer Berechnungen den Weltuntergang. Nichts passierte.

Dann nannten sie einen neuen Termin 1925 n.Chr. Wir wissen was geschehen ist. Nichts.

Den nächsten Weltuntergang verkündete David Moses, Gründer der Kinder Gottes (The Children of God) für 1973. Er glaubte, dass ein Komet die Erde treffen würde und alles Leben in den Vereinigten Staaten vernichtet.

1975 n.Chr. waren die Zeugen Jehovas mal wieder an der Reihe. Sie gaben einfach nicht auf.

Nun meldete sich auch noch Bhagwan Shree Rajneesh, der Ober-Guru. Er sagte für die Jahre 1984 - 1999 Überflutungen, Erdbeben und Vulkanausbrüche voraus. Die Städte Tokyo, New York, San Francisco, Los Angeles und Bombay würden von der Erdoberfläche verschwinden. Die Städte gibt es immer noch, aber der Bhagwan ist von der Erdoberfläche verschwunden.

1988 war dann der nächste Termin. Nach der Gründung Israels würde noch eine Generation leben, bevor die Welt unterging. Israel wurde 1948 gegründet und eine Generation wären 40 Jahre. Wieder passierte nichts.

Endlich meldeten sich die Zeugen Jehovas wieder einmal. Diesmal mit dem Jahr 2000 n.Chr.

Als wieder nichts passierte musste der Maya-Kalender herhalten. Am 22. Dezember 2012 sollte nun endgültig die Welt untergehen. Diesmal passierte es tatsächlich. Die Welt ging unter - aber nur im Film von Roland Emmerich.

2013 sollte die Sonne explodieren. Sie scheint immer noch.

2014 sollte es eine neue Eiszeit geben. Die blieb aus.

2015 sollte mal wieder Jesus wiederkehren. Bisher ist er nicht erschienen.

2016 sollten die Gletscher schmelzen und das Festland überfluten. Das Jahr ist ging vorbei und nichts ist passiert.

2018 soll es mal wieder einen Atomkrieg geben.

2020 soll Jesus erneut erscheinen.

2021 soll Jesus wieder erscheinen.

2026 soll wieder mal ein Komet mit der Erde zusammenstoßen.

Wir sollten diese Voraussagen nicht fürchten, bisher lagen alle falsch. Für den 28. September 2015 wurden gleich mehrere Voraussagen gemacht. Es gab eine Mondfinsternis und der Blutmond erschien am Himmel. Das stimmte exakt, aber die Welt ging nicht unter. Auch der Komet, der für Puerto Rico bestimmt war blieb aus. Eine Vogelgrippen-Pandemie sollte ein Viertel der Erdbevölkerung auslöschen. Ja, ein paar Schwäne sind vom Himmel geplumpst, das war alles. Flutwellen und der dritte Weltkrieg blieben ebenso aus.

Eine der berühmtesten Wahrsagerinnen, Baba Vanga, sagte vor ihrem Tod voraus dass es in Deutschland wegen der Asylanten Krieg geben wird. Und zwar im Herbst 2016. Am sichersten wären wir in Russland. Vielleicht sollte ich doch nach Russland auswandern?

Nein, am Besten beachtet man den ganzen Quatsch nicht und lebt weiter wie bisher. Wenn es zu einer Katastrophe kommt, können wir doch nichts dagegen machen. Lassen wir uns doch nicht verrückt machen.